「エルヴィラ……今のお前はいつもと違い、
とても興奮する……いや、いつも興奮はしているが、
そのなんだ……う、ぐ……むっ」

悪役令嬢シンデレラ

騎士団長のきゅん♡が激しすぎて受け止めきれませんわ!!

柚原テイル

Illustrator アオイ冬子

Jewel
ジュエルブックス

contents

※本作品の内容はすべてフィクションです。
実在の人物・団体・事件などには一切関係ありません。

【プロローグ】悪役令嬢、破滅のため幽閉となります

――誤解の多い人生でした。


十八歳になったエルヴィラ・アンブローズ公爵令嬢は、すべてを諦めた顔で瞳を閉じた。

視界を遮断し、闇に包まれると、一瞬だけ取り囲んでいた騎士団の威圧から解放される。

ディナンド王国で生きてきた歳月が、走馬灯のように頭の中をよぎっていく。

この地で生を受けて、過ごした日々……。

いいことばかりではなかったけれど、目を閉じて何も見ずに、そんな思い出に浸っていると、自分がどこに立っているのかあやふやになってしまう。

緊張に堪えかねた神経が、このまま気を失ってしまえと、身体を楽なほうへと導く。


「…………」


くらりと……した。

エルヴィラは、その心地に、つい身を任せたくなってしまったけれど、倒れるなんて無責任なことはできない。

今、最後の時が来ていたのだから。

エルヴィラは長い睫毛《まつげ》を持ち上げて、紫色の双眸《そうぼう》を開く。

「私は逃げも隠れもいたしませんわ」

華やかな眼力は、力を込めたり怒ったりしているわけではないのに、取り囲んでいる騎士達が「くっ」と畏怖する。

エルヴィラは、連行してきた多くの騎士に取り囲まれていた。

ディナンド王国の王城にある、謁見の間。

王座にはゴドウィン・ディナンド王が座り、厳しい視線をエルヴィラへ向けている。

「そなたの生意気な顔も、これで見納めであるな」

「………はい、そのようでございます」

この顔は生まれつきですわ！

叫んだところで、何も変わらない。むしろ誤解が深まるだけなのを、エルヴィラはこれまでの歳月で学んでいた。

生まれた時から、こうなる運命だったのだから。

エルヴィラには前世の記憶がある――――。

ディナンド王国よりも、ずっと文明が進んでいた世界の記憶……。

この世界の主な交通手段である、でこぼこ道を馬車ではなく、整備された道路を車が走り、空を飛べるのは鳥だけでなく、鉄の塊も飛んで人も運べる。

エルヴィラは理沙《りさ》という和名で、十八歳まで生きた。

お金持ちの家に生まれ、習い事だらけのお嬢様として育ち、親しい友人もなく、年頃になって、増水した川で犬を助けようとして溺死した生涯であった。

その記憶を取り戻したのは、ディナンド王国で生を受けてすくすく育った六歳の頃。

テーブルの下がお気に入りだったエルヴィラは、人形とままごとのお茶会をしていて、派手に頭を打った。

それはもう、ゴンとすごい音で……。

お付きの侍女も乳母も、エルヴィラが大人しく遊んでいると、目を離した隙であった。

エルヴィラが我慢強かったのは昔からで、うぅ……あぅ……と、テーブルの下から這い出し、人形を引きずって、頭のこぶを確かめるために鏡に向かった。

そして、絶句した！

——これが、私……？

六歳の公爵令嬢が生まれながらに積み上げてきた記憶と、十八年もの前世の記憶があふれて融合した瞬間だった。

エルヴィラは、ディナンド王国に転生していたのだ。

驚きは、記憶を持ったまま生まれ変わっていたことだけではなかった。

鏡を見たエルヴィラはびっくりしすぎて無言となった！

六歳とは思えない、整った顔立ちに……。

派手な人形のような顔は、はっきり言って美人だった。

妖艶や、美姫の言葉が相応しく、絶対に可愛いとは言われない部類の容貌。

彫りは深く、薄い唇は、紅をつけなくても赤い三日月のようであった。

緩く波打つ見事な金髪も、下へ行くほど美しく巻き毛を作り、輝いている。

一番に目立つのは紫色の瞳であった。色味は、公爵家の血縁に多い色であったから問題ではない。吊り上がった瞳に威圧感がありまくったのだ、すべてを見下し、喧嘩を売っているような眼差し。睫毛は驚くほどに長い。

いわゆる濃い顔になりそうな面影は、どこかで見たことがあった気がした。

エルヴィラ・アンブローズ……公爵令嬢。

今の自分の名前を思い浮かべて「あっ」となった。

次いで、ディナンド王国という国の名前に「えっ」となった。

記憶ありの転生で、驚いているどころの話ではない！

これって……。

――ゲームの中の、悪役令嬢に転生しています！

犬を助けて溺れる前に、半年ほど入れ込んで長くプレイしていた乙女ゲームがあった。

庶子として育ったヒロインが、実は王女であり、王城への暮らしに戻り、身分の高い貴族や近国の王子や、隣国の王太子に見初められて、誰か一人を選んで結婚するというゲーム。

ちなみに、ゲームをプレイしたのは、この一作が最初で最後。

初めてインターネット通販を使い、届くまでドキドキした記憶も忘れてはいない。

……という、思い出に浸っている場合ではなかった！

どうやら、前世でプレイした乙女ゲームと同じ世界に転生してしまったみたいで――。

エルヴィラ・アンブローズ。忘れもしない名前と容姿。

転生したのがゲームの主役ならば安泰だった。けれど、違った。

主役は王女のアレシアであり、エルヴィラ・アンブローズの役どころはヒロインの王女をいじめ続ける、悪役令嬢！　つまり、悪者である。

アレシアにライバルとして張り合い、いつも度を越した意地悪をして、窮地に陥れる立場であった。

顔を合わせれば嫌味、公爵家の財力を駆使して派手なドレスを見せつけ、ことあるごとに悪い噂を流しまくる。

とにかく、悪者ゆえに、悪役令嬢と名を馳せていた。

重要な役どころではあるが、それはいじめている時に、いじめられているアレシアの可憐さを引き立たせるための存在。

もっと言えば、それをかばったり助けたりする、王子やら貴族やら皇太子と、アレシアの恋仲が深まるための存在。

用が済めば、お役御免の悪役令嬢であった。

エルヴィラは、いじめ抜く時はたっぷりと登場するものの、ゲームの最後はあっけない。

エンディングでは、どのルートでも選んだヒーローに嫁いだヒロインの幸せな描写とともに、一行だけの扱いになる。

『悪役令嬢エルヴィラ・アンブローズは生涯幽閉となった』


説明、それだけでしょうか……？

どう転んでも、不幸になる運命が定められていた。バッドエンド確定……。

生涯幽閉だなんて、絶対に嫌だ。

もちろん、エルヴィラは黙って従ったわけではない。不幸な運命の回避を懸命にした。

いじめない、さげすまない、嫌味を言わない。

何よりも、なるべく王女にかかわらない！

地味に生きる……！

周りを気遣い、優しくすることに努めた結果。

生まれと容姿が邪魔をして、裏があると、より悪名が高くなる誤解を受けた。

この辺りの誤解エピソードは、自慢できるぐらいある……。

エスコートしてくれた貴族にお礼とちょっとした世辞を言ったら、馬鹿にされていると思われた。

自信なさげな、舞踏会デビューの令嬢を頑張って褒めたら「わたしを惨めにさせてどうするつもり！」と、泣きだされてしまった。

屋敷に出入りする商人へ、いつもありがとうという気持ちで上乗せして代金を払ったら、賄賂だと思って突き返された。

どうやっても、地味には生きられませんでしたわ……。

せめてもと、砕けた口調を試みようとした。

公爵家の家庭教師との挨拶練習――。

優雅に一礼して「ごきげんよう」と言うところを、ぺこりと頭を下げて「こんにちはー！」と、挨拶してみたら、鞭が飛んできた。

挙句に「ごき・げん・よう！」を千回復唱させられ、逆らう気力は尽きてしまい……。

ならば……と、見た目を少しでも変えようと、化粧の工夫や、髪をストレートにする試行錯誤をしたのだけれど――。

結局は何も変わらず、ドレスや髪型が、使用人により、似合うものに固定されてしまった。

おまけに、手足はすらりと長く、彫りもさらに深く、すくすくと美しく育った。

王女アレシアには、徹底して近づかないようにした。けれど、偶然居合わせた場所で、これまた偶然の事故が何度も起きてしまい――。

最終的には、王女暗殺を企てていると思われてしまった。

結果として世間からは、悪役令嬢エルヴィラ・アンブローズは、王女アレシアに害なす、悪役認定。

最終的には王女殺害計画の疑いまでかけられてしまう。

そんなこんなで、王女は昨日、ついに隣のクアーバル帝国の皇太子に嫁ぐ……という幸せなエンディングを迎えてしまった。

エルヴィラは、お役御免で退場となる――。

よって、翌日となった今は、エルヴィラが、裁きを言い渡されている真っ最中なのである。

騎士団に捕らえられ、謁見の間へ連行されてきたばかりではあったけれど、これから生涯幽閉になることはわかりきっていた。

両親である公爵夫妻は、半年前に国外へ逃げた。見切りの良さを見習えば、この場所でエンディングを迎えずに済んだかもしれない……。

だが、エルヴィラは最後の瞬間まで抗いたかったのだ。

何かが変わるかもしれないと思って……。

――何も変わりませんでしたけれどね。

エルヴィラはピンとなっていた背筋を、もっと伸ばして、覚悟して運命を受け入れることにした。

身を包むドレスは深紅で、レースのひだがたっぷりとついている。首の楕円形のエメラルドが七粒連なるネックレスは手切れ金代わりに親から与えられたものだ。

中央でやや高くして分けられた前髪は、そのまま横髪へとなだらかに合流し、顔の輪郭を艶やかに縁取っている。

ハーフアップにしても長い波打つ金髪のボリュームは変わらず、胸元から背中まで、巻き毛が踊っている。持ち上げて高らかに結われた上の髪がエルヴィラをよりいっそう華やかにしていた。

背はそんなに高いほうではない。けれど、踵の高い靴を履くことが多かったし、まとう雰囲気から勝手に大きく判断されていることが多い。

ただ、小娘が怯《おび》えながら立っているだけなのに、姿勢を正しただけで騎士団の数名が構えたのがわかる。

――ああ、誤解の多い人生でした……。

ディナンド王が苦々しく口を開いた。

「エルヴィラよ。最後に何か申し開きはあるか?」

髭を生やした王は、金の胴衣を身に着けている。四十二歳で、溺愛している王女を嫁に出し、今は少し寂しそうであった。

これまで、様々な誤解を頭ごなしにされた怒りは、エルヴィラの中に、もうない。

よくぞここまでという、尊敬に近いものすらある。

王もまた役割をまっとうしているのだから……と、エルヴィラは最後ぐらい、粛々と受け止めたい気持ちになった。

ここで生まれて十八年も生きていれば、ゲームの世界という気持ちはさっぱり消えていて、本物の人生という気持ちしかない。

「ございません」

清々しい気持ちで凛と答えると、遠巻きに見ていた貴族がざわっとした。

「お、おい……悪役令嬢は、まだ何かを企んでいる顔だぞ！」

「幽閉処分ではなく、息の根を止めておいたほうがいいのでは？」

「………」

エルヴィラは顔を引きつらせた。潔いつもりが、可愛げのかけらもないことを言ってしまったらしい。

取り乱したほうが良かったかと後悔するも、時すでに遅く、口から零れた言葉は戻らない。

――いつものことだけれど、まさか含みありに取られるとは……。

落ち込んでいる暇はなかった。退場の時は近い。

お別れなのだから、お世話になった人への挨拶もしなくては――。

エルヴィラは前列にいる騎士団の一人ずつと目を合わせた。

引き際ぐらいは印象よく……優しく……。

そう心がけて、微笑する。何度も追いかけられ、王の御前に引っ立てられた日々が懐かしい。

「騎士団の皆様もご苦労様でした。私はもう、逃げも隠れも、いたしません」

――最初から、逃げも隠れも、していないけれど……一応のねぎらいですわ。

彼らが、どよっとなる。

「何の合図の言葉だ⁉」

「警戒しろ！」

「…………」

誤解は永遠にされたままのようであった。

エルヴィラは目を伏せて、しばし落ち込み、もう何も言うまいと口を結ぶ。

ふと――――視線を感じた。

王の横に直立不動で立っている鎧《よろい》姿の騎士団長、名前は確か……ガレス・リングフォード。

筋肉質な巨軀《きょく》は逞《たくま》しく、圧倒的な存在感がある。

エルヴィラよりも十歳年上の二十九歳。彼には何度も問答無用で捕らえられた。

戦場でもないのに、的確で容赦のない指揮で。

もはや、日常のことであったのに、懐かしさが頭をよぎり、エルヴィラは回想した。

『エルヴィラ・アンブローズ公爵令嬢、同行願う』

エルヴィラがアレシアとはまったく違う場所……馬で半日のところに避難していても、企みの疑いで連行しろという命を受けて、ガレス・リングフォードは律儀にやってきた。

晴れの日も、曇りの日も、雨の日も雪の日も、真面目すぎだとため息が出てしまうほどに。

合計すると、三十回は彼と彼が率いる騎士団に同行し、王城での形式的な取り調べを受けた。

もちろん、全否定した。

エルヴィラが街に出ていたのに、アレシアが王城の池に落ちたのを、突き飛ばしたと言われても、知るはずがない！

と……恨めしく思っても、もはや仕方のないこと。

ある意味、長いつき合いではある。

――本当にご苦労様でしたわ。

諦めと同情で、エルヴィラはガレスを見る。

「――」

瞳がばっちりと合ってしまった。

――そんなに心配しなくても……大人しく幽閉されますわよ？

最後まで職務に熱心な騎士団長へ、エルヴィラは口元を綻ばせた。

しかし、ガレスはさっと目を逸らしてしまう。

……悪役令嬢の毒牙にかかってたまるか――といったところでしょうか……。

王が、もう終わりだとばかりに声を張り上げた。

「ガレス！　エルヴィラ・アンブローズを連れていけ」

「はっ！」

ガレスの手が、エルヴィラを連行し、馬車へ詰め込むために伸びてくる。

「エルヴィラ・アンブローズ公爵令嬢、同行願う」

変わらない……騎士団長の有無を言わさぬ口調。

――エルヴィラ・アンブローズは今日、破滅した。

これから進む道は、エンディング後でわからない。

【第一章】騎士団長の秘めた熱い想いが、受け止めきれませんわ！

馬車は天鵞絨《ビロード》張りの座席で、広々としていた。

豪奢なカーテンつきの大きな窓まであり、車軸もバネもしっかりとした丈夫な作りに感じる。てっきり、骨組みしかないような乗り心地の悪いもので運ばれると思っていたのに……。

エルヴィラはクッションに身を預けながら、馬車の振動に揺られていた。

――どこまで、行くのでしょうか？

王城を出発し、小休憩を取りながらもすでに六時間ほど経過している。

謁見の間から連れ出されたのが午前中であったら、間もなく夕方になる頃合い。宿につく様子はないので、夜までには幽閉先へ到着するのだろう。

どこの地へ行くのか不安であったが、御者は外で馬を操っているため、声はかけられない。

知ったところで、どうなるわけでもなかったけれど、少しでも情報を得たいと切に思う。

他に声をかけられる人物はいる――目の前に。

けれど、一蹴されそうで、会話はまだ成り立っていない。

向かい合わせた席には、口を真一文字に結んだ長身の騎士団長が腕組みをして座っている。

王に「連れていけ」と命を受けたガレスは、無言で、真面目に職務をまっとうしている。

「…………」

話しかけるのが怖い雰囲気があった。

黒い鎧に包まれた騎士団長が、大きくて筋肉質な身体を馬車に収めている様子は、窮屈そうで、逞しい首筋や、屈強な腕は、檻の中でくすぶっている野獣を思わせる。

緋色の髪は、後ろに流していておでこが見え、幾本か額に落ちているのが馬車の振動で時々揺れている。後ろ髪は清潔感のある短髪であった。

――この方が同乗するから、立派な馬車なのかしら？

彼のほうを見るも、反応はない。

徹底して目を合わせないつもりなのか、座席の間にある、馬車の天井から吊されているフリンジ飾りをじーっと見つめたままだ。

まだ、外を見ていてくれたほうが遠慮なく過ごせるのに……とも、感じる。

少しでも変な動きをすれば、彼の視界をちらつき、あっという間に見咎められそうであった。

ガレスもまた、エルヴィラを監視し、幽閉先へ送り届ける最後の任務なのだろう。

――気まずくて、いい加減耐えられませんわ！

勇気を出して、寡黙な騎士団長にエルヴィラは声をかけることにした。

「あの……騎士団長殿、私の幽閉先はまだ遠いのですか？」

「ガレスでいい。行き先は、言えん」

「……は、はい」

ぴしゃりと簡潔にお返事がありました。

逃亡の恐れありと、小娘相手にも気を抜かずに、見張りをしてくださっているのはよくわかります。

が――お仲間の皆様に、ぶっきらぼうって言われていませんか！

――この方に聞くのは諦めよう……幽閉先でどんな扱いになるのか、気になってたまらないけれど。

幽閉と一言でくくっても、監禁に近い軟禁や、最低限の食事だけで、病気になっても放置されるところもあると聞く。

他の者がいれば、新参者は嫌がらせに遭うかもしれない。

そうした場所では賄賂が必須だ。

エルヴィラの両親の援助や面会は絶望的で、エメラルドのネックレスを一粒ずつ売り払って、まともな生活ができるのは最悪の場合、何年間だろう。

エルヴィラは消沈して、微かに息を吐いた。

これがため息だとバレてしまっては、経験上、籠絡しようと声をかけたら無視されたので腹を立てた、我が儘令嬢だととられてしまう。

「……おい。今、失望したのか？」

「はっ？」

いきなりガレスが目を合わせて尋ねてきたので、戸惑った声が出た。初めて近くで見た彼の瞳は、包み込んでくるような琥珀《こはく》色をしている。

今、無駄話はしたくないと態度で示された気がするのですが、今度は気にかけてくれた様子。つかみどころが難しいお方です。

「ため息をつかせるようなことを俺がしたのなら、謝罪しよう」

「い、いえ……別に……」

結構よく見てくださっていますね？

態度を正確に知られて、解釈されたのは、初めてのこと。

――なぜ、この騎士団長にはわかるのでしょう？

慣れないことにエルヴィラはうろたえ、目を窓の外に泳がせてしまう。

いつもなら「あがいて探しても逃げ道などない」と邪推されそうだけれど、次いでかけられた声は違った。

「不安がらなくていい。お前が連れていかれるのは、飢えたり、汚かったりする場所ではない。つまり……身構える必要は、ない」

「……っ、は……はい」

ガレスの言葉に誠実なものを感じて、エルヴィラは目を見張った。

彼の気遣いの一つ一つが、身体にしみこんでくるみたいだ。

王都でのこれまでも、会話はほとんどなかった無口な騎士団長である。

それが、エルヴィラを憐れんでか、慣れないおしゃべりをしてくれているようだ。その不器用な口調に、胸が詰まった。

思ったよりも自分は、落ち込んでいるようだ。

誤解抜きで周りにわからせてしまうほど……。

「優しい言葉をありがとうございます。私はどんな運命でも受け入れることに決めておりますわ。けれど……怖かったのは本当です。貴方の言葉に安堵いたしました」

不安がるエルヴィラを気遣って、知らせることができる範囲で教えてくれた彼に感謝の気持ちが湧いてくる。

恐そうだなんて誤解してしまったけれど、思ったよりも優しい人である。

――――悪役令嬢が誤解するなんて、周りが見えなくなりすぎていましたわ。

エルヴィラが悪役だと決めつけられていることと同じく、強靭な体軀を持つ騎士団長は無口で職務に真面目なせいで、怖いと思われているのかもしれない。

顔をつき合わせてこうやって話してみない限り、人は誤解に満ちているのかも……。

こんな状況で人生観まで考えてしまい、エルヴィラは口元が綻ぶのを感じた。

――――どうしてでしょう……私、結構、元気ではありませんの?

馬車は森を抜け、平原を走り、幾つかの橋を渡って、王都から遠く離れていく。

エルヴィラの漠然と眺めていた空は、橙色に暮れ始める。

すると、森と森との間に、街のような建物の集まりがあるのが見えてきた。さらに先には砦《とりで》と城が一体化したような大きな建築物も現れる。

物々しく強固そうな石造りの城壁――古そうに見えるそれは、馬車が近づくにつれて、美しく修繕をした温もりのある建物だと感じた。

「お城ですか？　砦にも見えますが……？」

「城砦《じょうさい》の役目を終えた、ディナンド王国の最北にあるリングフォード領の、オルビー城だ。お前は、ここで暮らす」

オルビー城……。

「ここで……」

エルヴィラの記憶を探っても、貴族の幽閉先には、これまで使っていなかった城。けれど、ガレスの言葉通り丁寧に修繕された外観からは、悲惨な場所ではないという印象を覚える。

城の周りに配置よく植林をされた木々、たっぷりととってある庭には花や低木の植物も多く、通り過ぎた街にも畑が多かった気がした。

馬車が前庭で大きな円を描いて曲がり、止まる。

「…………」

ガレスが無言で立ち上がり、中から馬車の扉を開けると、緑の香りがする新鮮な風が入ってきた。

出迎えはなく、前庭は無人だった。

蔓薔薇《つるばら》のアーチに手入れの良い小さな薔薇の花がたわわに咲いていて、視界に入ると緑の香りに花の香りがまざった気がする。

「降りろ」

先に降りたガレスが、エルヴィラが馬車から出るのに当然のように手を貸してきて……。

自然な所作は、さすがの騎士団長であった。

――幽閉地に着いたのなら、叩き出されて、置き去りにされても文句は言えませんのに。

黒い革の手袋に包まれた彼の手は、エルヴィラの倍以上の大きさであった。

馬車から降りた彼の屈強な身体が影を作っている。

そして、生真面目に、じっと辛抱強くエルヴィラを見守っていた。

「では、お手をお借りしますわ」

「…………」

おずおずと手を載せると、きゅっと包まれる。

その加減は、強すぎなかったけれど、体重をどれだけかけても揺らがないであろう安定があった。

エルヴィラが無事に降りるのを確認して、ガレスが手を放す。

――ほとんど無言の旅だったのに、名残惜しい気持ちは、幽閉となるからでしょうか。

感慨深くなるのは後、たっぷり時間があるのだから。

エルヴィラは気丈に微笑んだ。

彼を役目から早く解放させてあげたい。

「遠いところまでありがとうございます。私は生涯ここで大人しく暮らしますので、安心してお帰りになってください」

「……っ」

一瞬、ガレスが苦しげな顔をした。

同情してくれているのだろうか……。

彼が浅く呼吸を整え、やがて、大きく息を吸ったのがわかる。

そして……。

「――帰らない。オルビー城が俺の家だからだ」

「ええええっ⁉」

唸るように絞り出したようなガレスの発言に、エルヴィラは面食らった。

「な、何をおっしゃって……」

騎士団長の家？　オルビー城の主？　この辺りの領主ということ？

なぜさっき気づかなかったのでしょう。この騎士団長のお名前は、ガレス・リングフォードでした。

ディナンド王国では、名を上げている騎士は上級貴族並みの爵位があるからおかしくはない。

少しでも意味を理解しようと、立ち尽くして懸命に考えるエルヴィラの前で、ガレスが前庭で揺れているマーガレットの花を幾本か手折った。

「エルヴィラ嬢。俺の妻になってくれ」

「ちょっと、意味がわからないですわ！」

「本気だ！」

「……えっ……あの…………え………」

空は橙色が強くなり、最後の夕日の強い輝きと共に、藍色のカーテンが下りてくるところ。

その淡い景色に、白い花弁を揺らした可愛らしい五本のマーガレットが風になびく。

持っているのは、花など持ったことがないであろう大きな手。

マーガレットの細い茎を、壊さないように無骨に摑んで、エルヴィラへ精一杯の様子で差し出している。

――今、プロポーズされました……？

気のせい、ではなく……？

とても冗談を言う顔には見えない騎士団長が、琥珀の眼差しで眉を吊り上げ、エルヴィラを真剣に見ている。返事を待っている……？

何か言わなくては、動きそうにない。

「私にそんな気を遣っていただかなくても、騎士団長殿……」

「ガレス、だ」

「はい、ガレスさん……ええと、だ、誰かの命令でしたら――」

言いかけた時、彼の黒い鎧がガシャンと音を立てた。

ガレスが堪りかねたように、一歩足を踏み出したのだ。

「そんなものはない。俺が、お前のことが好きだから、結婚したいと言っている」

「わ、私のことが……？」

好き――――!?

悪役令嬢なのに？　何度も、捕らえた悪事の元凶扱いなのに？

「ああ、ずっと見ていた。誰よりも優しく、可愛らしいお前を」

……この方、ちょっと、目やご趣味が悪いのではないか……と、疑いたくなるけれど、彼は大真面目だった。

――優しいも、可愛いも、初めて言われました……。

幻聴ではないのかと疑ってしまうけれど、胸がドキドキしているので聞き間違いではない。

「あの……お気持ちはとても嬉《うれ》しいのですが、私は今から幽閉の身ですので、婚姻関係には障りがあるような……」

前世から、親以外、男の人と二人きりで会話する機会もなかったせいで、こんな時、どう答えていいかわからない。

「幽閉処分は、俺が王にかけあい、俺の妻としてこの地で暮らす分には自由だと変更された。証拠もないのに随分と苦しめてしまったことを詫びる」

「なっ……！」

謁見の間での光景が蘇った。

王が声高に叫んで――。

『ガレス！　エルヴィラ・アンブローズを連れていけ』

騎士団長は、いつもの言葉を……。

『エルヴィラ・アンブローズ公爵令嬢、同行願う』

――確かに、王は「連れていけ」と言って、ガレスはいつもみたいに「同行願う」と口にしただけで……。

謁見の間にいる時に、幽閉とは、一度も聞かなかった。

「えっ……そ、そんなはずは……」

ずっと誤解されてばかりだったはず。

だいたい、妻って、どう転んだら、そうなるのですか⁉

騎士団長、狭い婚活しなくても、すごくモテそうですよ。

「エルヴィラ嬢が優しい心を持っていることを、王や、周りの者を説得しきれなかったのは、俺の力不足だ、悪かった」

「……っ！」

――私、夢でも見ているのでしょうか……？

何十回も、何百回も、悪役令嬢の誤解がなくなる瞬間のことを夢見たことはあります。

こんな風に、実はいい人だったんだね……と、言ってもらえることを。

もう絶対に無理だと思っていたのに――。

「――ずっと……とは、いつから？」

知りたくてたまらない。

「三年前、アレシア王女とクアーバル帝国の皇太子が婚約発表をする舞踏会で、騎士団は隊を分けて、避暑地に行ったお前の監視任務をしていた。舞踏会を邪魔されないために」

「ええ」

あの時は、絶対に偶然何かやらかしたことになってたまるかと、別の地に籠って自衛したことを覚えている。

「エルヴィラ嬢から差し入れられた蜂蜜入りの柑橘水は、補給に役立ち美味かった」

「遠くて辺鄙《へんぴ》なところへ、ご苦労様という感じでしたから」

貸し出したグラスは、ほとんど使った形跡がなかった。毒を恐れられたのだ。

差し入れる時に、緊張しすぎて「外で干からびられても困りますからね」と言ったのがとどめだった。

けれど、中身はなくなっていたので、川に捨てられたのかと思ったのだけど……。

「飲んでくださったのですね。知りませんでした」

「それ以来、お前からの差し入れは、全部口にしている」

いつも、少しだけ使ってある食器。ガレスだったのかと思う。もしかして、誰も手をつけなかった分は彼がすべて……と、考えると、辻褄《つじつま》が合う。

「他にも理由はある。お前はどんな疑いをかけられていても、見つかるとすぐに出てきた。優しさだろう？」

「騎士団から逃げ通せると思いませんでしたから」

濡れ衣を着せられる前に気づけば逃げたけれど、居合わせて疑われてしまったら、逃げ隠れするのは悪印象になるから潔くしただけのことだった。

あまり、騎士団の手を煩わせるのも悪いな……と、思っての行動である。

「お前を追いかける日々は、楽しかった」

「言い方が悪いです……ねじ曲がった趣味にとられてしまいますわよ？」

真面目な顔で、花を持ったまま遠い目で思い出し笑いをされても困ります！

「本来ならば幽閉の前に無実だと晴らすべきだった。王女に害なした有罪の証拠がない代わりに、無罪の証拠もなく――――」

――――ええ、それはもう！　派手な思い込みと偶然の産物でしたからね。

「結婚について、エルヴィラ嬢を何も縛るつもりはない。無体なことは決してしないし、夫婦となっても寝室は共にしない、結婚式をして妻として一緒に暮らす形だけでいい。だが、俺の気持ちは本気だと知って欲しい」

「私が……結婚……ガレスさんと？」

「名目上は、見張るということだが、気にしなくていい。お前は自由だ」

エルヴィラは、紫色の瞳をぱちぱちと瞬きした。

整理しよう――――。

好きと結婚と、優しいと誤解と、蜂蜜入りの柑橘水が入りまじって、混乱しっぱなしだ。

騎士団長ガレスは、ただ一人、エルヴィラを誤解せず、優しいところを見守ってくれながら、ずっと好きでいてくれた。

そして、幽閉の代わりに結婚して見張るという形で、処遇を収めてくれて。

つまり、不安だらけの幽閉先に行かなくていいどころか、結婚という制約はあるものの、他は全部、自由となったわけでして……。

ああ、頭がこんがらがってきました。

「……っ」

――――こんなにも立派な方が、私を好き？

緊張で身体が震えてきた。これは、よくない傾向。

嬉しくて照れたりして感情が高ぶると、エルヴィラは思いっきり可愛げのないことを口走ってしまうのだ。

「べっ、別に、同情なんていりませんわ！　……っ、あっ……ではなく……うっ」

…………。

ああ……言ってしまいました。顔も手伝って、かなりツンと感じの悪い発言です。百年の恋どころか、三年の好きは、あっさり冷めて凍り付いてしまいそうな。

「エルヴィラ嬢……」

ガレスを見ると、彼はなぜか笑顔だった。

「同情ではなく愛情だ。照れるところを見ると、嫌ではないようだな、よかった」

「ええっ！　な、なぜ、わかるのですか」

「お前はわかりやすすぎる。すました顔で本音と正反対な発言をして照れる姿が、ますます愛しい。今日はいい顔が見られた」

「うっ……！」

どこまで理解者なのでしょう……？

心底からくるような、嬉しそうな顔で、見ないでください。こっちまで恥ずかしく……。

「あの……本当に、私などで……」

「私などではない——俺が好きなお前を卑下するな」

厳しく言われて、エルヴィラは息を呑んだ。

彼はエルヴィラの生き方を、きっぱりと肯定してくれる。

「俺は、エルヴィラ嬢と二人で馬車の中で過ごした今日の旅は夢心地であったし、これからの暮らしが愛しいものでしかない」

「……思い出す限り、車中では、ほぼ最後まで無言だったような気がいたしますわ」

「緊張していたからな」

怒っていたのではなく、任務が面倒だったのではなく、毒牙にかからないように警戒でもなく、緊張⁉

……………そ、それは気づきませんでした。

好きだと聞かされた今、同じように馬車に揺られたら、心臓バクバクですものね。

想像すると納得がいき、エルヴィラは小さく頷きながらガレスを見た。

「あっ――――」

そういえば、彼は花を差し出しっぱなしでした！

彼の熱で、ややぐったりしかかったマーガレットの花弁が、夜を含んで強くなってきた風に吹かれている。

「おっ、お待たせしてすみませんわ……驚いてしまって」

エルヴィラはガレスへ向き直った。

ごくりと唾を呑んで、彼が片膝を大地へ着く。

「断っても咎《とが》はない」

彼から緊張が伝わってきて、エルヴィラの頬が熱を持った。

「――――いいえ……」

エルヴィラは両手の指で彼の大きな手を抱き、マーガレットを包み込んだ。

本当に嬉しかったから……。

「つつしんでお受けしますわ。私を見ていてくださって、ありがとうございます」

こんな風に、終わったと思った人生が始まるなんて――――。

じわりと胸に広がった温かいものは、もう満ちているほどに幸せを滲《にじ》ませているはずなのに、溢《あふ》れずにまだまだ広がっていく。

「エルヴィラ嬢、いいのか……？」

「妻になるのですから、エルヴィラとお呼びください。私もガレスとお呼びしますわ」

太陽は、ほとんどが沈み、辺りは藍色に包まれている。

「――――その、よろしく頼む」

「私こそ……いい妻になれるように努力いたしますわ」

彼の手からマーガレットを受け取ると、オルビー城の玄関へとガレスが足を踏み出した。

「性急だが、結婚式は今夜だ。司祭を待たせてある」

「もっ、もちろんです！　いつでも、貴方のご都合で……」

結婚が幽閉でなくなる条件であるなら、おかしい話ではない。

どんな顔で段取りをしてくれたのか考えるだけで、くすぐったい気持ちになってしまう。

「終わったら、お前はここで自由に過ごせばいい」

ガレスが両開きの大扉を軽々と押すと、エントランスに使用人が大勢控えていた。

「お帰りなさいませ、旦那様。ようこそ、エルヴィラ様」

従僕や侍女が、出迎えのお辞儀の姿勢のままでエントランスの左右に並び、道を作っている。

どうやら、外へ出てくるなと人払いをしていたようだ。

「身の回りの世話は、慣れた者のほうがいいだろう。セルマ、ハリエット」

聞きなれた名前をガレスが口にすると、茶色と白の縞模様のワンピースにクリーム色のエプロンを身に着けた、オルビー城のお仕着せ姿の侍女が二人、すっと立ち上がった。

その顔には見覚えがある。

「えっ……嘘《うそ》、貴女達。どうしてここへ」

最後まで身の回りの世話をしてもらってから、紹介状とともに暇を出した、エルヴィラのお付きのアンブローズ公爵家の侍女。

紺色の髪をひっつめた、年の近いほうの侍女が、茶色の瞳をきりりと開く。

「ガレス様に雇っていただきました。お嬢様……いえ、奥様のご衣装でしたら、わたくしが適任でございます」

ぴしゃりと言い放ったセルマは、衣装係で、ドレスの手直しならお手の物であった。

優秀で、自信も実力もあるが、職人のように頑固で、口数が少ないところがある。家系としてアンブローズ公爵家に祖母の代から仕えていた。

「そうね。また、よろしくお願いします」

言葉をかけても、セルマは頷き、馬車で癖のついてしまったドレスの皺《しわ》へ厳しい目を走らせるだけで、すぐに部屋へと促すために先に立って歩きだしてしまう。

早く着替えろという意味だろう。

そんな彼女が懐かしかった。

今までは余分な会話はほとんどしなかったけれど、こうしてまた来てくれるということは、悪役令嬢の世話が嫌ではなかったと言われているみたいである。

「あのっ、わ……わたしは、エルヴィラ様以上の御髪を知りませんので、まだまだ、あれこれやってみたいことがたくさんありましてですね！　そっ、その……また、お世話することができて嬉しいです」

一生懸命笑いかけてくるのは、八歳年上のハリエットだった。赤茶色の瞳は悪戯《いたずら》っぽく輝き、亜麻色の髪を緩く三つ編みにしている。

ハリエットは華やかに髪を結ったり化粧を施したりするのがとても上手で――――。

櫛《くし》を握っている時以外は、少しおどおどしているから、エルヴィラから逃げ出したくてたまらないのだとばかり思っていた。

――――セルマ……ハリエット……。

「ありがとう。とても……心強いです」

ガレスだけではない。エルヴィラを見ていてくれる人は他にもいたのだ。

自分が目を向けていなかったから、気が付かなかっただけで……誤解されていると疑ってばかりで、心を開いていなかったのはエルヴィラのほうだったのかもしれない。

「…………」

どうしましょう……。

ここへ来てから、ずっといいことばかり――。

嬉しくて、涙腺が緩みそうになるのを、エルヴィラはぐっと堪《こら》えた。

そして、エントランスの使用人一同に向けて、丁寧なお辞儀をする。

「エルヴィラでございます。あたたかいお迎えをありがとう。どうかよろしくお願いします」

挨拶を終え、一人でも多くの使用人の顔を見つめて、精一杯、気持ちを込めて笑いかける。

それから、結婚式の支度のため、エルヴィラは先導するセルマと、付き添うハリエットと共に、用意された部屋へと向かった。

【第二章】 誤解なき一途な花婿と、静謐《せいひつ》な結婚式

執務室から続き部屋となっている私室へ入ると、ガレスは大きく息を吐いた。

「ふぅ……っ」

呼吸をしていたはずなのに、半日ほど息を止めていた心地がするのは、エルヴィラを前にしていたからだろうか。

紫色の瞳と何度も目が合い、心が鷲掴《わしづか》みにされた。

その輝きは、不安に揺れたり、驚いたり、嬉しそうに細められたり、照れて伏せられたり、忙しくて……近づくほどに眩《まぶ》しい。

愛しい――愛しい、恋い焦がれた彼女が、今、リングフォード領のオルビー城にいる。

ガレスの妻になるために。

「――っ」

感無量であった。

彼女がプロポーズを受けてくれた。

華奢《きゃしゃ》な手が、ガレスの手からマーガレットの花をそっと持ち……。

——いかん！　思い出しただけで、心臓がドクドクを通り越して爆発しそうだ。

これから結婚式だというのに、花婿が勝手に爆死しては申し訳が立たない。

優しくて、可愛くて、照れ屋で、美しいエルヴィラ……。

ガレスは室内を落ち着きなくうろうろとした。

花婿の支度は、今身に着けている騎士団の鎧の上に外套《マント》をつけて、式典同様に勲章やらサッシュベルトをつけるだけなので、たいした時間はかからない。

花嫁を待ちすぎているという形は、エルヴィラに負担になるのではと考えると、間をおいてから支度に取りかかったほうがいい気がするが、それまで何をしていいかわからない。

気持ちがはやっているのだ。

結婚式さえしてしまえば、晴れて彼女はガレスの妻のリングフォード夫人となり、何の憂いもなくなる。

早く支度をしてしまっても、部屋から出なければ、彼女の知るところではない。

使用人にもガレスの手伝いは不要と知らせてある。

「……うむ」

ゆっくり、ゆっくり——を心がけて、ガレスはテーブルの上に用意している天鵞絨張りの箱の中から、十もある勲章を取り出した。騎士団長としての軌跡。

つける順次はわかっている。

鏡を見ながら、緊張の面持ちでサッシュベルトを鎧の上へ斜めがけにつけてから、勲章をつけていく。

――――これら、すべてを投げ出す覚悟もした。

結果として、そうはならなかったが…………。

思いきった行動をとってよかったと考える。

ガレスは、十日前にディナンド王と向き合ったこと……エルヴィラの処遇についての話し合いを思い出していた。

※　※　※

ディナンド王国の王城。

側《そば》仕えの使用人と騎士団長しか入ることができない、王であるゴドウィンの私室に、ガレスは緊張の面持ちで入った。

約束は取り付けてある。内容までは伝えていなかったが、王女の輿入《こしい》れで忙しい王にとっては、他の用件は聞いてから処理をすればいい細事だろう。

「おお、入れ！　ガレスよ。アンブローズ家が、ついに使用人をすべて解雇したようだ。あの令嬢も、もはや破滅であるな。アレシアが嫁いだら、即急に愛娘を苦しめた引導を渡してくれるわ」

「王よ、そのことで話があります」

放っておけば、どこまでも言われなき罪をかぶりそうなエルヴィラだった。

それは、許されないことだ。

エルヴィラは、心優しい人物なのに、誰もが気づかない。

こんなにもガレスが、心惹《ひ》かれる彼女を、さらに不幸にするなど、あってはならない。

「なんじゃ？　幽閉では手ぬるいとお前も意見するか？　騎士団長が言うのならば、一考してみようかのう」

長椅子に座り、寛《くつろ》いでいる王へ近づく。

「いいえ。この書類を見ていただきたく」

「むむっ……？」

ガレスがゴドウィンに突きつけたのは、何百枚の羊皮紙の束に綴《つづ》られた、エルヴィラの行動記録であった。

王女アレシアとの接点は特に詳細に……度の越した嫌がらせとする、池に落としたり、階段から突き落としたり、バルコニーの柵が朽ちていたりの事件とは、何ら関係のないという証明の書類だった。

名前を出さないことを条件に、証言も多く集めた。

時間がかかってしまったが、説得力のある書類にすることができた。

「エルヴィラ嬢は、無罪だ。これまでも彼女が王女に手をかけた証拠はなく、偶然に近くへ居合わせた状況だけで、犯人だと決めつけられていた」

「何をいまさら……あの悪人顔の娘がやったに決まっておる！　悪役令嬢であるからな！」

「いいえ、エルヴィラ嬢は、アレシア王女と同じ十八歳の、不安に怯えるか弱い娘です」

「お、お前……激務で、目が悪くなったのか？」

ゴドウィンから困惑と同情の気配がする。

「目は正常です。彼女は可憐《かれん》で優しい」

「な、なななっ！」

ガレスは一気に畳みかけることにした。

エルヴィラのやるせない気持ちと、孤独を思うと、胸が痛む。

きっと、優しい彼女は、もっと苦しみ辛いのだ……。

「無罪の人間を幽閉など、とんでもない！　王の気に障るのではあれば、せめて、王城への出入り禁止という形に減刑を求めます」

「無理じゃ！　証拠がなくても、あの娘が悪役令嬢だと、誰もが口を揃えて言っておる」

王は想像した通りの反応。

……らちが明かない。

「皆が言うから、犯人に仕立てることがまかり通る国なのか、ここは!?　ならば……っ」

警護のために身に着けていた剣に、ガレスは手をかけてシャランと引き抜いた。

ただし、鞘《さや》ごと――。

「ガレス！　何を……」

「……お役目と、賜った剣《つるぎ》を返上します」

ゴドウィンへ跪《ひざまず》いて、両手で水平に持った剣を掲げる。

騎士団長を辞す覚悟、さらには……。

「馬鹿者っ！　これを返すということは、わしにこの剣で首を刎《は》ねられても、文句は言えんということだぞっ！　リングフォードの爵位も、名誉も、勲功も！」

「かまいません」

「ぐ……っ、ううむ………………………」

沈黙が下りた。

ゴドウィンが側仕えを呼ぶ気配はない。

信頼している部下に裏切られたという気持ちが強いだろう、しかし、本日までのガレスの信頼度合いによっては、エルヴィラの身を助けることができるかもしれない。

「……………そなたが命を懸けるほどの娘か？」

「はい」

即答した。

ガレスの本気が伝わったのか、ゴドウィンが眉間に深い皺を作って真剣に考え込む。

「あの女は、なんと甘言を囁《ささや》き、そなたをそそのかしたのだ？　もしや魅惑の肉体で籠絡されたのか？」

「会話はエルヴィラ嬢からは何度か〝ご苦労様です〟とだけ。他に交流はありません。王もご存じの通り、孤立しているエルヴィラ嬢には、恋人どころか同性の友人も、気を許せる侍女ですらいないことはご存じのはず」

ガレスは、言いながら気づいた。

まともに話したこともないのに、こんなに恋い焦がれる気持ちが抑えきれない。


『エルヴィラ・アンブローズ公爵令嬢、同行願う』


あれは、己が唯一、彼女に堂々とかけられる言葉だった。

「……う、む……ますます、奇怪な……ろくに話もしておらんではないか。強靭《きょうじん》で聡明なお前のことだ、持ちかけられた取引であるとか、私の前へ悪役令嬢を引っ立てすぎて、知らぬ間に戦友気分であったとか、理由があるじゃろう」

この心の衝動は、もっと甘くて切ないものであると、ガレスは首を横に振った。

「優しさは、見ているだけでわかります」

「もうよいわ……おおよそ、惚《ほ》れ込んでいることはわかった」

ゴドウィンが片方の手を頭に当てて、呆れ顔で反対の手をひらひらとする。

――さて、どう出るか？

ガレスは息を止めて、王の反応を見逃すまいと構えた。

「そなたしか、騎士団長は務まらん。辞職は……認めることができない」

呻《うめ》くように王が苦悩する。

「では！」

「まあ待て。幽閉を逃れたところで、エルヴィラの社会的地位は、没落令嬢であるぞ。王都から離れたどこぞの街で、ひっそりとした退屈な暮らしが、性に合うとは思えぬがな」

「彼女は、人に騒がれるのは嫌いな性分です」

ガレスにはわかっていた。

エルヴィラは出たがりだと人は口を揃《そろ》えて言うが、当人は縮こまって穏やかに生きていくことが好きなことを。

「わしらは、同じ人物の話をしているのかのう……ううむ。まあ、証拠もないことだし……二度とアレシアに危害を加えなければ、わしは構わんのだがな」

「王よ、慈悲を」

ガレスは頭《こうべ》を垂れた。

「……して、そなたはどうするのじゃ？　命に代えても救いたい娘へ、その後は」

「計画はしてあります。任務の合間を使って、エルヴィラ嬢の住み着いた街へ行き、困ったことがないか監視し、ある場合は偶然を装い通りかかる――――そして、懐かしい知人から、友人になる」

力説した。何度も夢見ていたものだ。

体力ならば自信がある。どれだけ重いものだって運んでやる。

巨大なクローゼットでも、牛でも、担げる自信があった。

いつか、恋に発展すればいい……まずは、まともに会話をしたい。

やがては、好きだと伝えたい。

「………それは、何十年後になるんじゃ。まどろっこしい」

王の反応は鈍かった。

憐《あわ》れんでいるような複雑な顔を向けられてしまう。

「別の質問をしようかの。気の早い話であるが、隣国、クアーバル帝国の皇太子がアレシアとの間に子を成し、ディナンド王国の領土を一部よこせと言ってきたらどうする？」

「爵位を渡す代わりに、子供をディナンド王国で引き取るという条約を結び、場合によってはアレシア様も静養という形で、帰国願います」

王族同士の国の結びつきをかけた政略結婚は、平たく言えば人質の取り合いである。

「うむ、さすがディナンド王国の騎士団長だ。がっ……！　その能力がなぜ好いた女に発揮できないっ。エルヴィラ嬢が、一生暮らしに困ったことがなければ、終わりじゃぞ」

遠回しに無能呼ばわりされた気がするが、ガレスなりの見守り方に不備はなかった。

「彼女が幸せに暮らせるなら、それに越したことはありません」

他に望むことがあるだろうか。

ガレスの言葉に、ゴドウィンが堪《たま》りかねたようにガタンと席を立つ。

「馬鹿者っ！　よーし、わかった。エルヴィラの幽閉は取り消すように計らう……」

「ありがたき――――」

天にも昇る気持ちで、礼を言いかけたが、ゴドウィンに制される。

「待てっ、条件がある。処分を取り消す代わりに、好いた悪役令嬢と結婚せよ。よく仕えてくれている礼に一年ほど休暇をやる。そなたは、領民のことも気にかけていただろう？　リングフォード領に引っ込んで仲良く暮らせ」

「はっ！　なっ……！　エルヴィラ嬢が嫌がるに決まっている！」

突然、何を言い出すのだ王は！

己が忠誠を誓う役目の騎士団長でなければ、逆さにして吊るしあげるところだ。

「異論は認めぬ！　騎士団長が傍で見張ってくれれば、わしは安心だ。もう、交渉はできぬぞ。幽閉か、結婚か……あの令嬢が幸せになるかは、そなた次第だ」

「お、お待ちを！　エルヴィラ嬢とは年が十歳も離れている。何を話したらいいか」

一緒に街を歩くぐらいしか想像が及んだことはなかった。

結婚！

同じ空の下ではなく、同じ城の中で共に暮らす……？

「気にするほどの差ではない。あの手の魔性の女狐の夫は、強靭で博識でないと務まらんわ」

ガレスはぴくりと反応した。

「……王よ。女狐は言い過ぎでは？」

堪えようもなく、眼光が鋭くなってしまう。

「いや、ごほん……年が上で結構！　頼りになる愛情で包んでやれば、エルヴィラも安堵《あんど》するであろう」

「そう、でしょうか……」

不純だと首を振っても、頭の中はエルヴィラと結婚する想像ばかりがよぎってしまう。

思い描くことを止められない……。

「そなたが責任を持って連れていけ。ああ、エルヴィラにはリングフォード領へ着くまで知らせてはならんぞ。道中で、ややこしくして馬車が戻ってきたら、今度こそ幽閉だ」

「はっ……」

ガレスの訴えは通った。

思ってもみない、形で。

「わかっていると思うが、反乱の兆しありなら容赦はせんぞ」

「はっ！」

最後にくぎを刺されて、王との話は終わった。

※　※　※

本当に、娶《めと》ることになるとは。

オルビー城の私室で、ガレスは最後に鎧の上へ外套をまとった。

騎士団長の式典用でもあるそれは、緋色に金の刺繍《ししゅう》がある華やかなものである。

——この俺を、エルヴィラは夫として認めてくれるだろうか。

※　※　※

オルビー城で通された部屋は広々としていて、優しい緑の壁紙に、赤茶色の家具が置かれた美しい造りをしていた。

セルマとハリエットは、すでに勝手を知っているのか、エルヴィラの私室とばかりにガウンや衣装を広げている。

すぐにドレスを緩められ「時間がありません」と、部屋に置かれた猫足のバスタブへと沈められてしまう。

疲れた身体を湯が優しく包み、ほっとするも、ハリエットがいつもの倍の速さで磨き上げていく。

――本当に今から結婚式をするのね。

忙しそうな二人に協力できることは、エルヴィラが迷いなく従うことのようだ。

ハリエットが泡を流していく。

「奥様、湯から上がったらガウンはこれを」

セルマがてきぱきと指示をした。いつもの流れである。

「は、はい」

「こ、この柑橘水で喉を潤してください。空腹でしたら、式の前にビスケットがあります！」

気づかい屋のハリエットは、タオルでエルヴィラを包むと、拭く前にグラスを手渡してきた。

「いえ、持たせることができると思います」

二人に囲まれていると、新しい場所へ来た緊張が和らぎ、環境も何もかも変わっていくはずなのに舞踏会に来てしまっただけといった心地になる。

バスタブから少し離れたところ……鏡の前にあるのは、純白のウエディングドレスだった。

エルヴィラの近くと、鏡を行き来しながら、セルマがドレスのスカートのフレア部分の装飾を思案している。

幾重もの薄いレースをウエストラインで留める花が、八重咲きの丸い柔らかな桃色の花弁の薔薇と、かっちりと咲いた深紅の花びらの分厚い薔薇かを選んでいる様子だ。

普段であれば問答無用で、深紅になるのにセルマが悩むのは珍しい。

「奥様、ご希望はございますか？」

背中に目がついているのか、セルマが振り返ってエルヴィラへ問いかけてくる。

「えっ、は、はい……意見してもいいのかしら？」

こくりと短くセルマが頷いた。顎を引いただけにも見えるけれど、たぶん了承してくれたのだろう。

その昔、悪役令嬢の見た目をどうにかしようと、可愛らしいドレスを着たいと相談したら、無言で却下された苦い思い出がある。

懲りずに、間をおいて三度ほど試みたら、着せるだけ着せて「気が済みましたか」と一瞬で脱がされてしまった。確かに濃い顔に可憐なドレスは似合わなかった。

「桃色の丸い薔薇で飾ってみたいのですが……」

「わかりました。そのように」

「えっ！　いいんですの⁉」

自分で言っておいて、驚きの声が出てしまう。

「今はとてもお似合いになると思います。奥様は、ほんの少し見ない間に柔らかさをまとわれました」

「そ、そうかしら……？」

心当たりならあった。ガレスの優しさに触れたから――――。

そして、彼も侍女も、エルヴィラをしっかりと見ていてくれた人の心に気づいたから。

人の本質にすら目を向けられないのに、外面だけ取り繕おうなんて、愚かなことをしていたのかもしれない。

「セ、セルマっ、そんな言い方をしたら、今までのエルヴィラ様には可愛いものがまったく似合わなかったから、着せなかったみたいじゃないの。失礼なことを言っては駄目よ」

慌てて咎める口調のハリエットに、セルマが短く言い返す。

「奥様が過去に願った、巻き毛をストレートにする重石、ハリエットはすぐに諦めるよう促し非協力的に見えましたが」

ハリエットにこっそり頼んで、巻き毛を卵に浸して重石をしてストレートの髪にしようと試みた黒歴史は、周囲にも知れ渡っていたようだ。

一晩では真っ直ぐにならなくても、十日ぐらい続ければ……と試そうとしたところ「御髪が痛みます、どう見ても無理です」と、ハリエットに泣きつかれてしまった。

「あっ、あれは……ですね。ゴージャスな髪がもったいなくて……」

二人とも――――エルヴィラのことを本当に考えてくれた結果だったのだ。

「ふ、ふふっ……」

目を伏せても、零《こぼ》れた嬉しい気持ちは収まらない。

「これからも、お願いします。いつも、私のことを考えてくれてありがとう」

今は、誤解なく笑えているだろうか。

正直に口に出すと、セルマがぽかんとした顔で動きを止め、ハリエットも驚いて口を開いて固まった。

「……世話をするのは当然ですので、改めて願わなくて結構でございます」

気まずそうにコホンと咳をして、ドレスの調節に向かうセルマ。

「もちろんですよ、エルヴィラ様。これからは、可愛い感じにしてって無茶ぶりされても、挑戦ぐらいできそうですからっ！」

ハリエットは結構ひどいことを言っている気がするけれど、その正直さが今は信頼できると思った。

今まで、侍女とこんな風に楽しく話したことなんてなかった。

エルヴィラが見えない壁を作っていたのかもしれない。

これからでも、やり直せるだろうか……。

そんな、弱々しい考えが、支度の忙しさで吹き飛んでいく――――。

部屋についてから二時間で、セルマとハリエットの手により準備は整えられた。

純白のウエディングドレスは、幾重もの布が重ねられた造り。

しっかりとエルヴィラの身体を包み込んだドレスは、とろけるような柔らかいレースがウエストラインからスカートのフレア部分にかかり、ふわふわと揺れている。

飾る花は、八重咲きの可憐な桃色の薔薇。

レースの手袋には銀糸で薔薇の蔓模様が描かれていた。

編み込んでアップにした髪は、長い巻き毛がひと房だけ頬から首へと流れている。

金の髪を覆うのは、縁取りがレースの、透ける軽やかなベール。

顔を隠すようにつけているため、もやがかかったような優しい視界になっていた。

「エルヴィラ様、参りましょう」

ハリエットが、最後に頬へ真珠の粉を触れさせていく。

「ええ……」

セルマが扉を開けて、部屋の明かりから手持ちの銀の燭台《しょくだい》へと火を灯す。

辺りはすっかりと夜になり、藍色の光が城を暗く包んでいた。

セルマが先導するように廊下へ出て、回廊へ下りていく。

ハリエットはドレスの長い裾を持ち、衣擦れの音と共についてくる。

一帯を人払いしているのか、オルビー城は静寂に包まれていた。

カツンカツンと音が響く回廊の中央に出ると、道しるべのように、セルマが手にしているものと同じ銀の燭台が、間隔を狭くして左右に置いてある。

――ここから、庭へ下りて建物へ入るのね……。

段差を慎重に下りると、想像した通り、建物が並んだ区画につく。

目的地は、言われなくてもわかった。

そこへ至るまでの石畳の道が、燭台により光の道となっていたから……。

煌々《こうこう》と明かりを灯した礼拝堂が聳《そび》えている。ベール越しに眩い輝きを見ると、数え切れないほどの丸い幻想的な光が浮かんでいるようにも見えて、恍惚《こうこつ》となってしまう。

開け放たれた大きな扉は、静寂に包まれて無言であるのに、エルヴィラを待っているように感じる。

「ここからは、お一人でどうぞ」

セルマがひっそりと告げ、ハリエットもドレスの裾から手を放して、回廊へと消えてしまう。

「…………」

エルヴィラは誘《いざな》われるように、歩きだした。

流れるように扉をくぐると、光の洪水に包まれる。

「あっ……」

無人の椅子には、大輪の薔薇と燭台が華やかに飾られていた。

中央に敷かれた赤い絨毯《じゅうたん》を目で追うと、鎧姿の上にサッシュベルトと立派な外套をつけた盛装のガレスが立っている。

助けられたという恩を差し引いても、強烈に惹きつけられてしまう精悍《せいかん》な姿だった。

エルヴィラを見て、切なげに細められた琥珀色の瞳は、嘘などつけない真摯な輝き。

――騎士団長が、私を見ている……見ていてくれた、これからも……？

トクトクと胸が高鳴る。

彼は、広い歩幅ですぐにエルヴィラの元へと迎えに来て、軽く曲げた逞しい腕が差し出された。

流れる所作で、舞踏会のエスコートを受けるように腕をとらなくてはならないのに、緊張で動かない。

――どうしましょう、ただでさえ、お待たせしてしまった様子ですし。

ガレスの他には年老いた司祭が、祭壇の傍らに立っている。

招待客がいないことに安堵してしまう。これも、彼の気遣いなのだろうか。

「こ、これぐらいの距離、転んだり逃げたりいたしませんわ！」

ほっとして嬉しくて、おまけに、旦那様になる騎士団長はカッコよくて、おめかしして待っていてくれたせいで、エルヴィラは盛大に照れた。

――どうしましょう！　また、失礼なことを……。

「わかっている。だが、迎えに来たかった」

「……っ、う」

知っている、見透かしていると言わんばかりに、微笑むガレスは、何だかとても嬉しそう。

はにかんだような顔を見ていると、すっかり緊張が解けて、別の甘い戸惑いがエルヴィラの胸に広がっていく。

とにかく、手は動くようになりましたわ……！

「――」

手袋に包まれた手を、そっと彼の腕にかける。

「エルヴィラ。今夜はいっそう、可憐で美しい」

「あ、貴方こそ……男ぶりが上がりましてよ、騎士団長殿……ではなくっ、旦那様」

褒められて褒め返すと、ガレスが何やらジーンと身震いしている。

「花婿と花嫁よ、こちらへ」

司祭が高らかに二人を呼んだ。

よく通る威厳のある声が礼拝堂に響く。

「行こう」

「え、ええ……」

ウエディングドレスを身に着けたエルヴィラの歩幅を心得ているのか、ガレスがゆっくりと歩きだす。

力強い腕に導かれて、祭壇へと進む。

「ガレス・リングフォード、エルヴィラ・アンブローズ。これより結婚の誓いの儀を始める」

司祭の言葉に身が引き締まった。

これから、本当に彼と結婚するのだから。

「ガレス・リングフォード。汝《なんじ》はこの者を妻とし、愛することを誓いますか?」

「ああ、誓う。いかなる時も愛することを」

彼の澱《よど》みのない真っ直ぐな言葉に、エルヴィラの心に温かい気持ちが広がっていく。

受け止めきれるのならば、彼の愛にすべて応えたい。

「エルヴィラ・アンブローズ・汝はこの者を妻とし、愛することを誓いますか？」

「はい、誓います」

愛せる――――すでに、胸は震えていたから。

声を張って誓いを立てると、言い終えた時には、心はすでに固まっていた。

エルヴィラは、高揚した達成感に包まれ、喉がコクリと微かに鳴る。

次に、司祭が儀式的な仰々しい動きで小箱を取り出すと、二つの指輪が並んでいた。

金の指輪には、品の良い植物模様が描かれ、小さいものには紫色の宝石、倍ほどの大きなリングには琥珀の宝石がさりげなくついている。

互いの瞳の色を表しているのだと、すぐに気づく。

「あの……指輪まで、用意してくださっていたのですか」

「当然だ。気に入るといいが」

ひそっと囁き合うと、司祭が小箱を近づけてくる。

ガレスがエルヴィラの手袋を丁寧に外して、指輪を左手の薬指へ滑らせながらはめていく。

大きさはぴったりで、ひやりとした金は、肌の熱が伝わり、すぐに冷たさがなくなった。

同じように琥珀の指輪を、手袋を脱いだ彼の指へエルヴィラははめる。

ごつごつした指先に触れると、安心するような、くすぐったいような、不思議な気分で……。

手袋を直すのをガレスがさりげなく気遣ってくれ、二人それぞれへ、瞳の色をした指輪は収まった。

結婚することを初めて聞いてから、間もないのに、こうして形が整うと、落ち着きすら感じてしまう。

たくさんのことを飛び越えて、形だけの結婚式をしているのに、共に歩み始めている心地で……。

「では、約束の口づけを――」

――あっ！

司祭の言葉に、エルヴィラは、キスをする流れがあることに初めて気づいた。

彼もまた、隣で動揺したのがわかる。

そこまでは、想定していませんでした……。

――く、唇に……？　頬に？　ガレスと事前に決めていません。

動物と触れ合う時ぐらいしか経験がないのに、取り決めも何もあったものじゃありませんけれどね！

無体なことはしないとは、夫婦生活のことだと思うので、約束の口づけは必要なことのはず。

――どうしましょう……？

小声で彼と打ち合わせようにも、静粛な場なので、どうやっても司祭に聞こえてしまう。

ガレスが緊張の面持ちでエルヴィラのベールへ手をかけて、顔を見せるように、オープンしていく。

「……あっ」

視界が途端にクリアになり、彼の精悍な顔つきを間近で見てしまい、思いっきり照れた。

しかし、余計なことは絶対に言ってはならないと、エルヴィラは息を止める。

「――――んっ……!」

ついでに、目もぎゅっと瞑って、何でも来いと構えた。

前方でガレスが身を屈める気配がする……。

そして――――。

「………………」

――――お、で……こ……?

ちゅっと微《かす》かな音を立て、前髪の間のおでこが、一瞬だけ熱くなる。

ガレスがキスをしてくれたのだ。

唇は触れるだけで離れたけれど、それでもまだ温かい。

大切だという気持ちが流れ込んできて、おでこがまだジンジンとしている。

優しい……ガレス。

「約束の口づけは、魂の結びつきも意味する――――よろしいか?」

司祭の声がちょっと納得していない様子。

――――大人が、おでこじゃ駄目です……という感じですの? 私はとても温かい気持ちになれましたのに。

押し切ることは「はい」と答えれば、できる気配だった。

しかし、せっかく優しい口づけをおでこにくれた彼に、恥をかかせたくない。

――――頬に……なら、お返しできるかもしれませんわ。

顔に似合わないと言われていたが、小さい頃から、ぬいぐるみは、そうやって愛でていた。

「……ガレス、少し屈んでくださいな。ええと、もう少し……」

「こうか?」

小声で話しかけて、身長差のある彼と高さを合わせようとするも、まだちょっと高い。

「――――ん……っ」

エルヴィラはヒールのある白い靴の踵を上げて背伸びをした。

ドレスの中だから、多少見苦しくても見えないはず。

視界にはガレスだけ――――。

やっと顔が近づき、エルヴィラは彼の頬にちらりと狙いを定めて、目を閉じた。

――――あとは、えいっと唇でぶつかるだけですわ……!

「…………」

ほ、ほら……えいって……。

「……う、ぅ……」

――――頑張りなさい、私!

段取りまではいい感じであったけれど、急激に恥ずかしくなり、エルヴィラは固まる。

――だめ、ここまできたのなら、根性を見せなさい！

じりじりとしていると、突然、唇が熱くなった。

「エルヴィラ……」

「んっ！　えっ……あっ……ん、んぅ――」

ガレスが口づけてきたのだ。

司祭の言葉が頭をよぎる、魂で結ばれているような唇を触れ合わせるキス。

――あたたかい……。

ガレス……。

彼しか、この世界にいないようにすら錯覚してしまう。

無言なのに、愛していると触れた場所から、苦しいぐらい流れ込んでくる。

「――っ、んっ……」

何も考えられなくなって、今、どこにいるのかもわからなくなってしまう。

ガレスの存在だけを、強烈に感じた。

「……ふ、ぅ……」

唇が離れるのと、エルヴィラが酸欠寸前で息を吐くのは同時で……。

くらくらしたままで、結婚式は終わった。

エルヴィラは、ずっと熱いままの唇を軽く噛みながら、ガレスの手を借り、支度をされた私室へと戻る。

「…………っ」

――どうしましょう、自分の足ではないみたいに、ふわふわしていますわ。

天の助けのように、部屋の前ではセルマとハリエットが待ち構えていてくれた。

彼女達に倒れこみそうになるのを、ガレスがエルヴィラの腕を引いて止める。

「その……エルヴィラ」

「まだ、何か御用ですの？」

恥ずかしくて、これ以上顔が見られない……少なくとも今夜は。

「明日からは、気持ちを楽にして好きに過ごすといい」

ガレスに妙に晴れやかな顔で言われても、余計に意識してしまう。

同じ城で暮らす生活になるのですのよ！

場所と時間を共有するわけで……もう少し彼としても色々と気にしてもいいと思うのですが。

一緒に過ごす時間をどうしようとか、どんなものを着て欲しいとか、どこかへ行く予定を立てたり……。

――夜はどうするのか、であるとか……⁉

「むっ、無理ですわ！　もう遅い時間です、さようなら、お休みなさいませっ」

結婚式の夜に、花婿の城で「さようなら」という発言はないだろうと、内心反省しながらも、エルヴィラは彼へ背を向けた。

「その意気だ。よく眠ってよく食べろ」

結婚するなり反抗的な新妻に、怒るどころか、楽しそうな声が返ってきたから、ますます、わけがわからない。

【第三章】悪妻を娶ったせいで、領主の評判が悪く？　情報求む！

新婚生活を始めたエルヴィラは、見晴らしの良い城壁の上に立っていた。

そこは二重になっているオルビー城の内側の城壁で、所々にある尖塔《せんとう》を除けば、視界を遮るものはなく、リングフォード領を一望できる。

「とても眺めがいいところですのね、知りませんでしたわ」

「敵が攻めて来た時、相手の様子を確認するために作られているからな」

隣に立つガレスが、エルヴィラの感嘆の声に反応する。

朝食後、付いてきてくれとだけ言われ、彼に連れてこられたのがこの高い城壁の上だった。

「塔に登れば、さらに見通しが良くなる。お前が望めば案内するぞ」

「いいえ、そこまでは不要なことです」

――――あっ！　私、また強い口調で……。

いつもの条件反射で、きっぱりと断ってしまう。

すぐにハッとして嫌な気分になっていないかとガレスの様子を窺《うかが》ったけれど、彼が気にした様子はなく、城を説明し始めた。

「では、ここから説明する。後ろの一番大きく高いのが主塔と呼ばれるもので、隣接する建物が俺達の暮らしている場所だ。もう一方の屋敷は使用人用だな」

ガレスが指差しながら城の施設を説明してくれる。

高く聳える四角い塔を見上げ、続いて藍色に塗られている三角屋根の建物二つを視界に収め、エルヴィラは最後にガレスを不思議そうに見つめた。

――一応、監視っていう名目のはずだけれど……。

この人には、そのつもりはまったくないのかと思うほどに自由だった。

身の回りのものは整っているし、時間や場所的な拘束はほぼない。

決まっているのはガレスと一緒に夕食を食べることだけで、外出も自由。しかも信じられないことに監視の兵も必要なし。

拍子抜けするほどに、何不自由ない生活。

おまけに、騎士団長は休暇らしい……暇なのかしら？

――私を閉じ込めておくっていう考えは、まったくないのでしょうか？

今までのエルヴィラの悪評や周りの態度からしたら考えられない。もちろん、そのほとんどが誤解や偏見なのだけれど。

「あれは武器庫だが、最近侍女に占拠され、半分燻製室《くんせいしつ》になってしまっている。中庭には伝書《でんしょ》鳩《ばと》用の小屋があるが、今は別の鳥が……んっ？　すまない、一人で話しすぎた。何か聞きたいことがあったか？」

「いえっ、何でもありませんわ」

不意にガレスと視線がぴったりと合ってしまって、エルヴィラはさっと視線を逸らした。

その動作も普通ならば、高飛車なお嬢様がぷいっと顔を背ける感じの悪いものだったけれど、彼はじーっと見てくる。

こんな風にエルヴィラのことを見るのはガレスぐらいだ。

大抵は、嫌悪感か畏怖の視線。それらには耐性があるけれど、こういうのは慣れてない。

「……花！　城壁の上に……花壇があるのですね」

耐えきれなくなって、エルヴィラは目に入ったものを口にしてみた。

城壁の端には土が埋め込まれていて、ぽつぽつと花が咲いている。

「あ、あぁ、これか？　城壁は石ばかりが目に入る。だから、植えてみた」

「まさか、あなたが、こんなことを信じられませんわ」

城壁に花だなんて、屈強なガレスの考えとは思わず、驚く。

「何かまずいことがあったか？」

「いいえ、大変結構かと思います。城壁の暑さも和らぎますし、視線だけでも兵に安らぎを与えてくれるはずですわ」

兵は監視のために交代で城壁に数時間立っていなければいけない。

殺風景な場所に、少しでも色があるとないとでは気分は違ってくるはず。

「ならば良かった……だが、なかなかに難しい」

ガレスが城壁に作られた他の花壇に視線を移す。

そこには花がなく、土が盛られているだけだった。

どうやら、まだ植えていないのではなく、植えたけれど育たなかったらしい。

見た目に似合わず花好きと言われる、エルヴィラの血が騒いだ。

「選んだ花の種類が悪いのではないでしょうか……」

「……どういうことだ？」

首を傾げるガレスに、エルヴィラは丁寧に説明することにした。

「花にも人と同じように特徴や性格があります。日陰が好きなもの、暑さに強いもの、水や栄養をたくさん欲しがるもの」

城壁の上の花壇だと、日差しを遮るものがなく、暑さも相当で、土はすぐに乾いてしまう。

「知らなかった。花には悪いことをした」

すまない、とガレスが花壇に頭を下げる。

その仕草が可笑しくて、つい、笑みをこぼしてしまう。

「ふふふっ……大丈夫です。こうして綺麗《きれい》に咲いているものもあるわけですし」

サルビアの一種だろうか、太陽に向かって美しい色を主張している。

しゃがみこんで花を手で支えると、ガレスに微笑んでみせた。

「お前の笑顔のほうが綺麗だ」

「えっ！　今は……この花のことを言っていて……比べることではありません！」

「すまん」

不意を突かれた言葉に焦ってしまい、ついいつものきつい口調になってしまう。そんなエルヴィラに、ガレスは素直に頭を下げた。

何だか、鼓動が高鳴って胸がドキドキいっている。

「……とにかく！　このままだと花壇がもったいないので、私のほうで暑さと日光に強い花を庭師に手配しておきます」

「頼む。そうしてもらえると助かる」

何となくエルヴィラのほうは気まずかったけれど、ガレスはそうではないらしい。

頷くと、彼は満足そうに目を細める。何となく、わかってきた彼の表情。

そわそわした気持ちが落ち着いてきて、エルヴィラは城壁を冷静に見ることができた。

「球根から育つものが合っているかしら……いえ、花に絞らずに、低木も考えるべきかしら。土を入れられる量によっては、丈夫なものが……」

考えをブツブツと口に出してしまい、ハッと口を押さえる。

「ご、ごめんなさい！　つい……」

「いや――――」

ガレスは穏やかな顔をしたままだ。聞き上手なのだろうか……。

「お前が興味を持てることがあってよかった。花壇には感謝しよう」

彼はしみじみと、城壁を見ている。

「は、はぁ……」

「エルヴィラが植えた花を、いつでも見ることができるのは、究極の癒しだな」

「い……今は、貴方が植えた花ですわっ。これからは、二人で植えた花が合わさったものになりますけれど！」

ガレスの感動ポイントがいまいち摑めなかったけれど、エルヴィラは照れながら今後に向けた訂正をした。

「ああ、二人の花で彩られた城壁だな」

「うぅ……」

大事なものが生まれてくるみたいに言われたら、あんまり花選びで失敗できない。

プレッシャーを感じると同時に、やりがいも感じた。

ガレスが喜ぶような城壁にしたい……。

相手を意識して、頑張ってしまうなんて変だろうか。

この人といると、調子がおかしくなることが多い。

価値観がするりと変わるというか、目に見えない鎧が軽やかに外れてしまうというか……。

無防備なほど素直になってしまいそうで――。

「城の説明を続けるか？」

「お願いします。ここから、一番近い街はどちらのほうですの？」

花で和んだ気持ちになったせいか、エルヴィラからも積極的に尋ねることができた。

ガレスがどういうつもりなのかわからなくて、まだ警戒していたのだけれど、彼女が今まで対峙してきた人達とは、彼は違う。

少なくとも自分を罵っていた人達は、城壁に花壇を作るようなことはしない。

言葉の裏や、本当の考えを気にする必要はない。

自然で、とても楽だった。

「タムワズという。城の正門の先に見える。馬で半時とかからない」

二つの太い尖塔に挟まれた大きな正門の先をガレスが指差す。

遠くに煙や民家の屋根が見えた。

「どんな街なのですか？」

「良いところだ。大きくはないが必要なものはだいたい揃い、皆幸せそうに暮らしている」

この受け答えだけで、ガレスがきちんと領主の役割をしているのがわかった。

収穫や税などの数字だけでなく、人を見ている。

「よく、見回りに行くのですか？」

「ああ……いや、最近になってからだ。王宮にいた時は、管理人に指示し、細かいところは任せていた。これからは手をかけられるだろう。楽しみだ」

騎士団長であるガレスは、今まで主に王宮に詰め、遠征をしたり、各地を回ることが多かったのだけれど、エルヴィラを妻にしたのを契機に、領地中心の暮らしに変えたらしい。

——私のせいで左遷、ではないわよね？

心配してしまうけれど、ガレスは逆に嬉しそう。

本人が良いと思っているのなら、エルヴィラが気にすることではない。

気分を変えようと、再び周りの景色に意識を戻した。

「あちらには、なにがあるのですか？」

今度は街とは逆の方向を指差す。

正門の逆、西側は広大な森が広がっていた。

「街はない。国境まで深い森になっている。もし城を攻めてくる者がいれば、こちらからだろう」

確かに高い塔と城壁で作られたオルビー城からは、周辺の様子は丸見えだ。しかし、唯一見渡せないのが、森に覆われている西側。

森に隠れ、兵が進んできたら、発見が遅れてしまう。

転生してから、エルヴィラが戦に巻き込まれたことはなかった。けれど、こういった戦う城を間近で見ると、戦争を意識せずにいられない。

「すまない、心配させるつもりはなかった。安心しろ、この城は堅固に作られている。要所でもないし、攻められる可能性は少ない」

「別に心配したわけではありません」

エルヴィラ達のいるディナンド王国と隣国クアーバル帝国の関係は、今のところ良好だと聞いている。

それこそ城壁に花壇が、武器庫が燻製室に、伝書鳩が小鳥の住処になってしまうほど、ここ数年衝突はなく平和であった。


一生幽閉されるのだと諦め、連れていかれたオルビー城に来てから一週間が過ぎ……。

エルヴィラは伸び伸びと暮らしていた。

今までのように必死に破滅を回避するために頭を悩ませたり、誰かに働きかけたりする必要はなく、意地の悪い令嬢だと陰口を叩かれることもない。

貴族達と表面だけの会話をする必要もなかった。

新鮮な食材で作った食事をとり、城壁の花壇を見て回ったり、本を読んだりして過ごす。

裏表のないガレスと夕食を共にして、たまに隣で同じ景色を見るのも気に入っていた。

ただ、彼は許してくれていたけれど、城の外に出ることはしなかった。

特に行きたい場所も、会いたい人もいたわけではなかったからだけれど……。

――――。

十日もすると、ちょっと外出してみようかしらという気になってきて――――。

エルヴィラは侍女のセルマとハリエットを連れて、城の周りを散策し始めた。

オルビー城は防御を重視した城砦とはいっても、城の周りに庭園や農園などがあって、それらもきちんと管理されている。

城主の女主人として、城の様子を確認することもかねて、エルヴィラは辺りを散策することを朝の日課にすることにした。

運動にもなるし、一石二鳥。

ここの食事は新鮮な分、エルヴィラが育ったディナンドの屋敷よりも美味しくて、気を抜くと食べ過ぎてしまう。

正門まで戻ってきたところで、そこに大きな男の姿を見つける。

「ガレス？」

すぐに彼だとわかり、近づこうとしたところで、足を止めた。

「エルヴィラ様、どうかされましたか？」

後ろに続くハリエットが疑問の声を上げる。

「二人とも静かに！」

エルヴィラの言葉に、二人の侍女は無言で頷いた。

門の左右に立つ塔の陰に三人は身を潜める。

隠れたのは、ガレスは一人ではなく、街の人らしき男女二人と一緒で、かつ何やらトラブルのように思えたからだ。

周りの雰囲気から悪役令嬢だったエルヴィラにはわかってしまう。

「俺はミルクの本数を増やしてくれと頼んだはずだが、なぜだ？」

「そ、それはそうだが……一人分はいいが二人分は駄目だ！」

ガレスが尋ねると、男の人は腰が引けつつも答えた。

「なぜだ？　二人分も一人分もたいして変わらないだろう。金もきちんと払う。何が問題だ？」

「いいから、今まで通り一人分は届ける。それでいいでしょう、領主様。うちも色々あるんですよ！」

さらに尋ねるも突っぱねるように瓶詰めのミルクを突き出す。

「よくわからないが、わかった。仕方ない」

納得はしていないけれど、瓶を受け取ったガレスは城の中に戻っていく。

――――一体何のことだろう？

今のやりとりを聞いただけでは、城に届けるミルクの量を増やすように言ったのに、街の人が拒否しているらしい。

ガレスが言ったように、量を少し増やすぐらいならば何の問題も起こらないはず。

牛の乳の出が悪いとか、もっと売りたいところがあるのかもしれないけれど、領主の願いを説明なしに拒むほどの理由だとは思えない。

――――何だか、とっても嫌な予感がしますわ。

その勘はすぐに当たっていたことがわかった。

先ほどの二人が、街へと戻るためにエルヴィラの隠れているすぐ横を通り過ぎていく。

「悪妻を娶ったんだから、これぐらい普通だよ。あんた、もっとはっきり言ってやればよかったのさ。あんたの妻に飲ませるミルクはないってね！」

先ほどガレスに答えた男の妻らしき女性の声が、はっきりと聞こえてきた。

――二人分は駄目ってそういうこと？　私のよくない噂を聞いて、そんな人には売りたくないということ⁉

今までミルクを卸してくれていた様子の領地の人が、態度を変えてしまっている……？

「けどよ、領主様にそんなことを言うのはさすがに……」

「しっかりおし！　どうするんだい、領主の悪妻に税を増やされたり、好き勝手されたりしたら。明日は、もっとちゃんと言っておくれよ」

妻はさらに男を叱咤《しった》しながら去っていく。

残されたエルヴィラはその場から動けなかった。

――どうしましょう、私のせいですわ。

ガレスは隠してくれているのかもしれない。

城の中にいると、自分の陰口を言うものなどいなくて、すっかり安心していた。

けれど、城の外ではやはりエルヴィラの悪評が広がってしまったようだ。

外に出ることをしなかったのは、これを危惧していたからだった。領主の妻だと歩き回れば、きっとよくないことになると思ったから。

――私のせいでガレスまで悪く言われるのは我慢できない。

自分のことは慣れているけれど、このままだとガレスの評判も落としかねない。

「奥様、あまり深くお考えにならないほうが……」

控えめにセルマが声をかけてくれたけれど、そういうわけにはいかない。

「とりあえず……部屋に戻って作戦会議ですわ」

こんなところであれこれ考えていると、それこそ通りかかった街の人に見られて、何か企んでいると思われてしまうかもしれない。

エルヴィラは侍女二人と連れ立って、早足で部屋に戻った。


まずは対策を練るために、エルヴィラは情報を集めることにした。

部屋に戻るとセルマにお願いして、まずはこの城の使用人の話を聞いてきてもらう。しばらくして彼女は浮かない顔で戻ってきた。

「ただいま戻りました。だいたい、奥様の予想した通りのようです」

セルマによると、教育がしっかりしているので、城の使用人の中にエルヴィラを悪く言う者はいなかった。

しかし、先ほどのように街の人の変化を感じ取った者がいた。

納入物を渋られたり、挨拶を無視されたり、小さなことだったけれど。

やはり、ガレス自身の人望が落ちてしまっているのかもしれない。

「ま、まだ、大きなことにはなっていないようですし、もう少し、様子を見てもいいのではないかと思うのですが……」

「ううん、見過ごせない」

ハリエットの提案を却下するも、確かにまだ決定的にはなっていないない。

エルヴィラが下手に動くと逆効果なことが多い。

目立つ容姿と、印象の悪さは、嫌というほどこれまでで自覚している。

「実際に街の人がどう言っているのか知りたいわ。セルマ、今度は街に行って調べてこられない？　申し訳ないのだけれど」

侍女以外の仕事ばかり頼むのは気が引けるけれど、ハリエットは器用ではないので、頼れるのは彼女だけだった。

「喜んで、とお答えしたいところなのですが……わたくし達はすでに街の人の一部と顔見知りになってしまっています。もし、奥様の噂が広がっているとなると……」

――手下認定されて、正直に話してくれないわよね。

城には街の人も出入りするし、エルヴィラに関する品物を受け取るのは侍女である彼女達の役目だ。

休暇に街へ出てきたと嘘をついてもあまり信用してもらえない、どころか怪しまれてしまう。

――私は悪役令嬢ではありません！　って宣伝して回るわけにもいかないし。

慈善事業とかをしても、裏があると変に勘ぐられる。

優しくすると、代わりになにを要求されるのかと怖がられる。

その辺りのことはだいたい、ここに行きつくまでに一通り試し済み。

やはり、それとなく街の人の反応を聞いて、誘導するのがまずは一番に思う。

「私が街に行きます」

エルヴィラは街の人に顔をあまり知られていない。

「ど、どうやってですか？　エルヴィラ様は、目立ちすぎます」

「何もドレス姿で行くわけではありません。町娘に変装するのです。二人とも手伝ってもらえますか？」

顔が知られていないなら、変装すればバレないはず。

「もちろん、お手伝いしますが……」

「だ、だいじょうぶで、しょうか？」

二人とも顔を見合わせ、納得していない様子。

でも今のところできるのはこれぐらいしか思いつかない。

俄然《がぜん》とやる気が出てきた。ばっちり街の娘に変装して、本音を聞き出すなんて、面白そう。

「さあ、準備をお願い。早めに手を打たないと」

しぶしぶ、二人が手を動かし始める。

ハリエットがエルヴィラの髪を解き、セルマは続き部屋に行くと、地味な装いの服を手にして戻ってきた。

クリーム色の肌着を兼ねた上衣を着て、赤茶色の、コルセットみたいな紐付きのボディスで調節する。

ベージュの踝丈《くるぶしたけ》のスカートに、薄桃色のエプロン。

髪型は、地味に後ろでひとくくりにするだけにした。

「まあ！　とてもいい感じの仕上がりですわ」

どこから見ても領地の人です！

と、エルヴィラは喜んだのだけれど、侍女の反応は鈍かった。

「あ、あの……ええと、よくお似合いで？　セルマ、どう思う？」

ハリエットがいつになく、おろおろしている。

「聞かないで、無理にもほどがある……」

セルマはいつになく冷ややかだった。

――私には、別人になったように思えますわ。

似合わない恰好を、無理にさせてくれた二人に、褒めろとまでは言えない。

「あのー……や、やはり……ガレスさま……に、相談されるのが、良いと思うのですが……」

「だめです。このことは他言無用です、ハリエット」

ガレスに迷惑をかけているのは自分なのだから。これは自身で解決しなくては。

彼は恩人であり、今の自由な生活をくれた……とても大事な人。

決心を固め、エルヴィラは鏡の中の街の人になった姿を入念に確認し、自信をもって出かけることにした。

日が傾き始めてから街へ向かうと、まずは酒場を探した。

お忍びで情報収集といえば、酒場と相場は決まっている。

中央にグラス、左右に葡萄《ぶどう》と麦を象った看板がかけられていたので、エルヴィラでも店の場所はわかった。

重い扉を開くと、「いらっしゃい」という声とベルの音と一緒に、アルコールの独特な匂いがわっと襲ってくる。

ただ、女将《おかみ》の性格によるものか、思ったよりも中は綺麗で清潔感があるように見えた。

カウンター六席と丸テーブル席が五つ、綺麗に拭かれていたし、城に比べたら暗いけれど、ランプの数は多め。

街の規模にしたら大きな酒場かもしれない。

まだ仕事を終えて来るには早いので、今は客が数人しかいないけれど、徐々に増えてくるはず。その辺も計算してのことだった。

大勢の客がいるところに入っていくと注目を集めてしまうし、満員で席につけないと困るから。

「そんなところに突っ立たれたんじゃ、困るよ」

「……ごめんなさい」

初めての酒場だったので、つい立ち止まり、色々と観察してしまっていたことに気づいて、エルヴィラは謝った。

女将らしき、エプロン姿のその人に勧められ、カウンターに腰掛ける。

「宿かい？　それとも食事？」

この酒場は宿屋も兼ねているらしい。

上り階段が見えるので、二階が宿だろうか。そういえば、看板は酒場を表すものともう一つ、ベッドを象ったものもあった。

下でお酒を飲んで、きっと大きな声を出す人もいるだろうに、どうやって眠れるのかエルヴィラには不思議でならない。

「……何か捜しものかい？」

「い、いいえ、食事で！　ワインとそれに合う適当な食事をお願いします」

「あいよ」

女将は怪しんでいたけれど、注文と一緒に銅貨を数枚置くと、エルヴィラの前に置いたグラスへワインを注いでくれた。

「見ない顔だね？　新しい城の侍女かい？」

「違います！　ええ、まったく違いますわっ」

城の者だと言われて、間髪を容れずに否定してしまった。

「そうさね、こんなに手の綺麗な侍女はいないからねー。綺麗な手の娘といえば……」

「商人の娘です！」

慌てて、用意してきた偽りの素性を口にする。

女将のペースに乗せられてしまうのは、かなり危ない気がする。

「へぇ、商人の娘がこんなところに何の用なんだい？」

「ケホケホ……うつらない持病があって空気の綺麗なこの地に静養にきています」

大げさに咳き込んで、ワインを流し込む。

いつも飲んでいるものとは違う、薄い味が喉を通り過ぎた。

「まあ、王都に比べれば、ここは自然が多いからねぇ」

一応同調はしてくれたけれど、何かを含んだような語尾。

「名前は何て言うんだい？」

――――名前⁉　決めてなかった……。

偽りの素性は決めていたけれど、肝心の偽名を考えていなかった。

「……エヴィと言います」

「ドロレスだ。ともかく街の一員としても、酒場の女将としても、あんたを歓迎するよ」

「ありがとう、ございま……す？」

ドロレスと名乗った酒場の女将が手を差し出してきたので、エルヴィラも握り返す。その時に彼女がウィンクしたのは何の合図だろう。

「いらっしゃい！　今日は遅いじゃないか！」

首を傾げたけれど、他の客がドタバタと酒場に入ってきてしまった。

「女将、いつものな。んっ？　見慣れない美人がいるな、一緒に飲むかい？　おごるぜ」

常連客らしき一人がエルヴィラに気づき、声をかけてきた。

いつものようにきっぱり断るわけにもいかず、どう対応したらいいのか、おどおどしていると、女将がぐいっと客との間に割り込んでくる。

「この子は私と飲もうとしたところだよ。野暮なことしないでおくれ」

そう言うと、女将もグラスを出して、エルヴィラと同じワインを注ぐ。

「なんだい、そんなに怒るこたーないだろ。女将の親戚かなにかか？」

「そんなところさ」

女将は否定することなく、手で男を向こうへ行けと追っ払ってくれた。

――かばってくれた？

「ありがとうございます」

「気にしなさんな。お客に気持ちよく飲んでもらうのが仕事なんでね。誰であろうと」

どうやら親切心だけでなく、自分の店の方針としても守ってくれたみたい。

「せめてそのワインのお金は払わせてください」

女将が自分のグラスに注いだワインを指差す。

「じゃあ……お言葉に甘えようかね？　乾杯！」

グラスを軽く合わせて半分ほど口にすると、女将は他の客に呼ばれて行ってしまった。

――いい人みたいで、よかったですわ。

これだけで、ガレスが言った通り、タムワズはいいところだと思ってしまう。

――忘れてた、情報収集。

初めての酒場の雰囲気にのまれ、ちびちびとワインに口をつけていたエルヴィラは、ガレスの評判を聞くという目的を思い出した。

グラスをテーブルに置いて、他のテーブルに座る人達の声に集中する。

すると、先ほどまでは耳を素通りしていた街の人の会話が聞こえてきた。

「まったく、こう雨が降らないとこまっちまうな」

「聞いてくれよ、うちのやつといったらひでえんだぜ」

――こっちは仕事の愚痴、あっちは……奥さんへの不満？

順番に内容を摑んでは、新しい会話に耳を傾けていく。

「聞いたか？　城の話」

城、という言葉にエルヴィラは反応してより、彼らの会話に集中した。

入り口付近のテーブルに座る三人組の男性客のようだ。

「城？　城って領主様のオルビー城のことか？」

「当たり前だろ、他に俺らの知ってる城なんてあるか？」

二人の会話に残った一人がうんうんと頷く。

「で、何があったっていうんだ？」

男の一人がこっちへと手振りすると、三人が顔を近づける。

けれど、酔っ払っていて、肝心の声の大きさは変わらないのではっきり聞こえてきた。

「何でも新しく来た女主人が最近は我が物顔で歩いているらしいぜ」

――そんなつもりはまったくありませんけれど……。

「普通じゃねえか？　女主人だろ」

「ばーか、普通じゃねえ女主人だぞ。俺らの王女様を虐《いじ》めて、幽閉された罪人だぞ」

普通の反応をした男が頭をはたかれる。

当然のことだろうと、一言もしゃべらないもう一人が呆れた顔を浮かべる。

――確かに結果的には王女様の邪魔にはなってしまいましたけれど、あれは向こうにも非があって……。

途中まで心の中で反論したけれど、無駄だとすぐに止めた。

噂《うわさ》というのは、真実と関係なしに、表面上正しく見える人の優位なものが広がってしまうのだと今までのことで痛いほどよくわかっている。

「で、その……何が問題なんだ？　新しい領主の妻ってのは？」

「城の中を自由に歩き回ってるんだぞ？　よからぬことを考えているに違いねぇ」

――何も考えてはいませんけれど。

しいて言うなら、ガレスのお手間を取らせないように、こうして潜入するぐらい？

「よからぬことってなんだ？」

「そりゃ、あれだよ。なんだ？　国への復讐とか、憂さ晴らしとかだろ？　と、とにかく、領主様には失望したよな。税も安いし、色々と街のためにお金は出してくれるし、いい人だと思っていたのによお」

その言葉を聞いて、無口な男が難しい顔をする。

――復讐なんてとんでもない。誤解は解きたくはあるけれど……。

監獄塔で幽閉されていたらわからなかったけれど、エルヴィラに国や王族を恨む気持ちはこれっぽっちもない。自分でも不思議なぐらい。

誤解されたままなのが、少し、いいえ、とても残念なのだけれど。

ガレスが最後に拾ってくれて、今は幸せだからかもしれない。

「税⁉ もしかして、税が上がるなんてことないよな？」

「わかんねーぞ。領主様はきっと、あの女の言いなりだ。そしたら、女が言えば、俺達の税を上げて、絞れるだけ、絞り上げようとするかもしれねぇ！」

――領主のお仕事に口を挟むつもりなど、私には一切ないのに。

「そんなことされたら困るよ。領主様の奥様だってそれぐらいわかるだろ？」

「わからないって。俺らとつき合う気がないんだから。挨拶に顔も見せないんだぜー」

三人がつられるようにしてグラスの中のエール酒を飲み干す。

そこでエルヴィラは三人への注意を解いた。

――かなり、街の人に不安が広がっていると見て良さそうね。

彼らは有力者ではなく、普通の住人。

それほどエルヴィラの悪評にガレスが引っ張られてしまっているのだとわかった。

しかも、顔を見せないことで変な噂が立たないようにと思って外出しなかったのが、逆効果のようだ。

――――けれど！

失敗を反省するのはいいけれど、悔やむのは意味がない。

無駄に悪役令嬢として転生して、毎回必死に回避しようとして、すべて失敗した経験から学んだこと。

まずは、ここで暮らすことの明言と街への挨拶と、税率を変えないことを公言する。

今までみたいに日陰者で生きていては、ガレスに迷惑がかかる。

――――今までと違って一人ではなく、二人……ガレスと私はふ、夫婦なのですから……！

少し気合いを入れて、少し恥ずかしがって、エルヴィラは席から立ち上がった。

そろそろ城での夕食の時間だし、帰らないとガレスにばれてしまう。

「女将さん、ごちそうさまでした」

少し多めに銅貨をテーブルに置く。

「気をつけて帰るんだよー。またおいで」

「はい、機会があればぜひ」

女将のドロレスに礼をいうと、酒場を出ていこうとした。

「ああ、ちょうど……来たみたいだね」

「えっ……？」

意味がわからずに声を上げたけれど、それどころではなかった。

酒場の扉が開いて、新しい客が入ってきたのだ。

しかも、それはガレスだった。

――ど、どうしましょう⁉

こんなところで偶然、ガレスと出会うなんて考えてもみなかった。

彼は女将がいるエルヴィラのほうへと大きな歩幅で歩いて来る。

――そ、そうだ。今は町娘の恰好だったわ。上手く誤魔化せるはず。

さっと俯いて、女将に話しかける。

「誰です？　この方は？」

ちょっと人見知りな、静養中の娘……と、設定を更新する。

「知ってるだろう？」

「い、いいえ。私はここに療養で来たばかりですので、知り合いは少なくて……初めまして、商人の娘エヴィと申します」

二人のやりとりを、ガレスが不思議そうに見ている。

うう、これは……。

――私のほうが不審者と、疑われていますの？　逃げるが勝ちですわ！

「では、私は暗くなる前に帰りますね。ご馳走様でした」

さっと下を向いて、そーっと脇から出ていこうとした。

しかし……。

「一人歩きは危ないだろう？」

ガレスの声が聞こえて、エルヴィラはびくっと身体を震わせた。

「だったら、あんたが送ってやったらどうだい？」

――――なんてことを提案してくださるのですか⁉

ドロレスに言われ、ガレスはやはり不思議そうな顔をしたけれど、やがて納得したように頷いた。

「送ろう……エ……ヴィとやら」

「家は近いので大丈夫です。飲みに来られたところで申し訳ないですし」

「気にするな、たいしたことではない」

何だか二人とも棒読みの台詞《せりふ》に聞こえるのは気のせいだろうか。

「男の厚意には、甘えときな」

「えっ！　あっ……はい」

ドロレスに言われて、エルヴィラは思わず頷いてしまった。

しまったと思った時には遅い。

「いくぞ」

ガレスはさっさと酒場の外へ。

女将に裏口を教えてもらって、逃げようかとも一瞬思う。

けれど、それではガレスが酒場の入り口で待ちぼうけになってしまうので、仕方なく従うことにした。

「お待たせしました……？　おねがいします」

「んっ、ああ……」

ガレスが迎えに来るなんて、変なことになってしまった。

――しかも、変装中に、私はどこに帰るんですのっ⁉

大ピンチなのに、ついて行ってしまいたい気持ちになるのは、彼が夜道で頼りになりそうだからか……。

エルヴィラは、ドキドキする自分の気持ちに戸惑っていた。

――な、なんでしょう……他人の振りが苦しいのに、顔を見たら、ほっとしていますわ。まるで、長く離れていた恋人と会えたみたいな浮足っぷりである。

犬が、帰ってきた飼い主にやっと会えて玄関で飛びつくような……。

今朝、顔を見たばかりなのに、彼に会いたくなっていたらしい。

変な事態になってしまったけれど、迎えに来てくれて、嬉しいのだ。

「あ、あれですわね。玄関でおかえりなさいーは、幸せの象徴でしたのね！」

妙なことを実感してしまった。

「……まだ家にはついていないぞ？」

――しまった、心の声がもれていましたわ！

「な、なななんでもありません。さっ、行きましょう！」

……。

………。

二人して、街の中心から外れへと続く道を、てくてく歩く。

怒られないところを見ると、隣にいるのが本当はエルヴィラだとばれてはいないよう。

ほっとしつつ、どうやって別れればいいのかと思案する。

「エヴィと言ったか？」

「……はい！　エヴィです！」

一瞬、反応が遅れてしまい慌てて答える。

一応幼い頃の愛称からつけたのだけれど、エルヴィラと呼ばれることがほとんどだったので慣れていない。

「酒場には、よく行くのか？」

「いいえ、今日が初めてです」

あまり嘘をつくのは良くないので正直に答えることにした。

「悪い場所ではないが、お前のような者が一人で行くところではない」

「少し興味があって。次はガ……父を連れてきます」

危ない。危ない。

「俺は父ではないが」

「当たり前です……？」

何だか会話がかみ合ってないように思うのは、気のせいだろうか。

「ともかく、酒がのみたければ言えば良い。まさか誰かが目当てでは……ないな」

「はい、それだけはありません」

何となく二人で黙り込む。

しばらく無言で歩くと、道の左右が開けていく。そこでガレスが口を開いた。

「で、家はどっちだ？」

——致命的な問題が解決していませんでしたわ！

「まっ、街の外れですけど……」

もともと、用意してきた設定を即座に口にしたのだけれど……ここが街外れだった。

「どの辺だ？」

「えっ……えっと……」

——そこまで考えていませんでした。

「あちらです」

えいっと指差したのは城のほう……はまずいので、そこから右。

「もう近いのでここで結構です。私、家があちらですのでー、ありがとうございました」

色々と困る展開なので、早口で言うと、ガレスに頭を下げた。

「おい、待て……そっちには……」

逃げるが勝ち、とばかりにエルヴィラは走りだす。

「家はないだろう」

ガレスが何か呟いていたけれど、足を止めずに離れる。

エルヴィラは結局大回りして、城に戻った。

※　※　※

深夜、ガレスは自室で、妻の不可解な行動について考えていた。

エヴィ――――。

可愛らしいあだ名で呼んでしまった。

踝の長さのスカートも、動きやすいのか生き生きとしている様子も、非常にいい！

城に籠もっていた時は、大丈夫か心配していたが、潑剌《はつらつ》となってよかった。

「……ではない」

首を横に振る。

どうして、エルヴィラは、町娘のふりをして出かけたんだ？

本人は、なりきっているつもりだろうが、バレバレすぎる。

——俺に不満が？

考えると、恐ろしい理由が浮かんでしまい、ガレスはガンと頭を石で殴られた気分になった。

もっと、強い男をエルヴィラは夫にしたかった……で、あるとか。

ガレスは握りしめた拳に続く腕を見た、そこそこ強い——と、思う。

ディナンド王国の騎士団では、一番である。

そもそも、もっと細身の男が好みであるとか。

「ううむ……」

ガレスは削りようがない肉体を、恨めしく思った。

エルヴィラが好きだ。

だから、彼女がなるべく好きな容姿や体格でありたいと思う。

もう結婚してしまったのだから、好みとは正反対でしたわ……と言われたら、どうすればいい⁉

心臓が緊張でドクドクした。

「……っ！」

——いや、悪いように考えるのはよそう。

ただの息抜きという可能性もある！

すると、理由は何であろうか……。

——鬱憤が溜まって！

「そんな……！」

ガレスは一人、叫んだ。

己の大声にハッと我に返り、黙り込む。

これしきのことで――と、頭ではわかっているのに、不安がぐるぐると胸の中に渦巻いていた。

エルヴィラには、幸せに過ごして欲しいのだ。

そのために、彼女を好きに行動させて、もっと構いたいのを堪えて、見守っている。

その過程の中で、不満も、鬱憤も見えてはこない。

――自信を持て……落ち着け。

ガレスは、心当たりはないと、己に言い聞かせた。

彼女に気づかれないように、じっと観察している時には、不満は見られない。

ガレスは、身体は大きいが隠密行動は得意なほうだった。

一応は、監視の任だと言い聞かせて、領地経営の暇を無理やり作って、エルヴィラをこっそり追いかけている。今夜も、その延長で、居場所がわかったのだ。

――いや、こっそり追いかけているのは、外聞が悪い。

見守っている、だ！

エルヴィラの行動を止めることは簡単だった。

指摘をすればいい。

しかし、彼女なりに考えがあってのことだと思うと、騙されたふりをするほうがいい……と、思った。

あの宿屋の女将ドロレスは、面倒見がいい性格であるし――。

「うーむ、エルヴィラのあの姿も可愛らしかった」

堂々巡りで、結局行きついてしまった結論に、ガレスは唸《うな》った。

【第四章】奥様のお披露目は華々しく～初夜は恥じらいに満ちて～

町娘に変装し、タムワズの酒場で噂を集めた翌日。

エルヴィラは覚悟を決めて、実行に移すため城の廊下を歩いていた。

今までは何とか目立たないように、相手を刺激しないように、と行動してきたけれど、それらは悪役令嬢としてすべて裏目に出てしまった。

悪評が立てば、噂を否定するのではなく、なるべく表に出ないように、噂に関する場所や人に近づかないように。

いわば、消極的な方法。あの時はそれが最善だと思った。

でも、今回は事態を静観するわけにはいかない。

結婚したことで、ガレスの名誉と評判も落とすことになってしまうのだから。

逃げるのではなく、行動して、周りの印象を変えさせる。

矢面に立つと、何をしても、何を言っても、すぐに皆に悪く捉えられてしまいそうで、エルヴィラとしては、行動を起こすことはとても勇気が必要なことだった。

――それでも、やらなくては！

決心が揺るがないように胸に手を置くと、たどり着いた部屋の扉をノックした。

「エルヴィラです、今から少しお時間、宜しいでしょうか？」

「入ってくれ」

名乗ると、この城の主で、夫でもあるガレスの声が聞こえてきた。

街に広まってしまったエルヴィラの悪評を変えさせるために、まずはガレスに相談しなければならない。

「お忙しいところ、すみません」

城の中にある二人の生活する屋敷、その二階にあるガレスの執務室に入る。

屋敷の中は一通り、執事に説明されていたけれど、彼の部屋へ実際に入るのは初めてのことだった。

大柄なガレスの身体に合わせた大きめの椅子と机、それに書類を置いておく棚、身体を休めるソファ。

必要最低限のものしか置かれていない様子はとても彼らしい。

「ご都合が悪ければ、遠慮なく言ってくださいませ。出直しますので」

ガレスは羽根ペンを手に、机の上の書類と格闘していたようだ。

「構わない。訓練の時間にはまだ早い。領地に関した細かな仕事をしていただけだ。それに、今の俺にはお前よりも重要なことなどあるわけない」

「……ありがとうございます」

さらっと恥ずかしいことを言われ、赤面する。

今まで軟派な貴族から身分と家のお金目的で口説かれたことはあったけれど、そのどれよりもガレスの不意をつくような、率直な言葉のほうが胸に響いてしまう。

「その……折り入って、ガレスにご相談があります」

「あぁ、そうだろうな」

「……？」

何だか、エルヴィラがお願いしに来ることがわかっていたかのような言葉？

何か彼は勘違いしているのかも。

あれやこれが足りないから買ってくれなどと思ったのかもしれない。贅沢《ぜいたく》三昧の悪役令嬢なのだから、と。

実際には、なるべく無駄を省いた普通の貴族令嬢よりもずっとお金のかからない生活をエルヴィラはしていたのだけれど、本当によく勘違いされる。

――そう、今までの私を変えないと！

考えをここへ来た目的に戻す。

「そろそろ、私としても領地への挨拶をしなくてはいけないと思いまして」

領民からの悪評を払拭したいというのは、なるべく伏せておくことにした。

ないとは思うけれど、それを知ったらガレスが怒るかもしれないから。嬉しいけれど、それは領民からの評判がさらに悪くなるかもしれない。

一番に考えたいのは、彼のことだった。

エルヴィラのせいで不幸になって欲しくない……。

むしろ、皆に好かれて欲しい。

ガレスの良さにまで誤解が及ぶのが、自分のこととは比べものにならないぐらいに嫌だった。

ムキになってしまいそうなぐらいの強い気持ちを、懸命に抑えて、エルヴィラは続ける。

「ご挨拶の場を作ってくださいな」

「確かに必要な時期かもしれないな。お前にいらぬ気苦労をかけたくないため、矢面に立つのは俺一人でいいと思っていたのだが、そうもいかないのだな」

最初に領民へのお披露目はしないと提案してくれたのはガレスだった。エルヴィラとしても悪評のことを気にして同意したのだけれど。

傷つきたくないから、引っ込むなんて考えは、彼と共に暮らす生活で二度としたくなかった。

エルヴィラを見つけてくれて、その心に気づいてくれた彼の隣には、堂々と並びたい。

「はい、夫婦ですから。二人でいるところを見せた……いえ、いっそのこと、イチャイチャと仲の良いところを見せつけてしまったほうが領民も安心すると思いますわ」

「なっ、イチャイチャとか⁉」

ガレスが、いきなり椅子からがたっと立ち上がる。

なぜかエルヴィラの言葉にひどく反応したらしい。ともかく好反応だ。

「それ以外にも、領主の結婚を領民が喜んでくれるように、具体的かつ実質的に得となることを宣言します。たとえば、一定年数の税の据え置きや一部の税免除、記念日の設定、生産物の買い上げ、医療の無償など」

城に戻ってから、前世の記憶も総動員して考えた案を挙げた。

お金持ちや権力者は、ケチで自分のためにしか動いていないように見えるから、妬まれる。気前がよく、皆を気にかけていることを見せれば、慕ってくれるはず。

無駄に悪役令嬢を十八年間やっていませんわ！

妬まれたり、陰口を叩かれる理由については、心得ている。

まったく自慢できることではないけれど……。

「いい考えだ。細かいところは、二人でこれから相談して詰めていこう。だが、その前に一つ聞いておきたいことがある」

「な、なにかしら？」

エルヴィラの悪評払拭案に同意してくれた後、難しそうな顔で聞いてきた。

とても重要で、聞きにくい質問のようだ。

エルヴィラの町での悪評に関して、やはり知っていた？

それとも、今までの噂の真偽を尋ねる？

覚悟して、彼の言葉を待った。

「イチャイチャとは実際に何をする？」

「…………えっ？」

一瞬、聞き間違いかと思ったけれど、どうやらガレスは真面目に聞いているらしい。

「親密なことを示せれば良いと思うので……腕を組んで、ベタベタとくっついているとか、なるべく顔を近づけて話すとか……」

想像してみて、顔が熱くなってしまう。たぶん、赤いかもしれない。

エルヴィラとしても、前世でも、今世でも男の人とそんな経験はない。

彼との距離感も他の人よりは近いけれど、それでは見せつけるには足りない気がする。

「ベタベタ……してくれるのか、俺に？」

エルヴィラ以上に顔を染めているのは、ガレスだった。

イチャイチャはピンと来ていなくても、ベタベタはわかったらしい。

「え、ええ……お嫌でなければ」

「嫌なわけがあるか！」

「はぁ……」

嫌ではないと強調されてしまい、エルヴィラはハッとした。

ガレスがさっき口にしていた言葉――。

『ベタベタ……してくれるのか、俺に？』

それはつまり、エルヴィラからは何の抵抗もなく、夫婦としてベタベタしても大丈夫と言ったも同然だ。

領民への策を練っている際に、当たり前に思いついたことだったけれど、以前ならば到底提案しないこと……。

――――わ、私……ガレスなら、って……あれ……？

――――どうしよう……彼となら、触れ合ってもいいって、思っています……。

当たり前みたいに……好き、ですわ。

エルヴィラは、彼の態度で、はっきり芽生えていた自分の心に気づいた。

もう、すっかりと妻になった気持ちでいた。

好き――――なのが、お披露目計画にすでにあって、気づいていませんでしたわ！

「あっ、あの、今のことは、まだ提案の段階で…………」

おろおろと保留にして出直そうとするも、ガレスが押し切る。

「ベタベタとイチャイチャするのか……よし、やろう！　すぐ準備に取りかかる！」

「あ、いえ……その前にお披露目で宣言する内容などの打ち合わせを……」

それから二人は執事を呼んで、予算面での調整や細かい内容と日程を決めていった。


エルヴィラとしては、ガレスと決めたことをぱぱっと翌日タムワズの街で行う、ぐらいのつもりだったのだけれど、見積もりが甘かった。

実行に移すのは、思っていたよりもずっと手間がかかることになる。

まず、税などの領地経営に関することは、王から領主にある程度任せられているとはいえ、他の領主に妬まれないためにも、王都の重臣に根回しすることが必要。

これには最も時間と手間を取られるのだけれど、悪役令嬢を妻にしたガレスの立場的にも、きちんとしておかなければ、ならない。

長めの告知を領地の隅々でした上、城から近い街としてタムワズでお披露目を行うことに決めた。

領民の大部分には、こちらから行くのではなく、来てもらう。

わざわざ足を運んでもらったので、お礼としてその日の飲食は領主が持つことにした。

ただし、城から食べ物、飲み物を出したのでは街の商売に差し障るし、かといってお金を配布したのではそれだけを目的に来る人も現れてしまう。

悩んだ結果、エルヴィラの案でその日だけタムワズで使える特殊な通貨を街の入り口で配ることにした。こうすれば、配ったお金は持ち出されることもなく、タムワズの街が潤うので、住民も他の領民も得をする。

記念コインのように、ガレスとエルヴィラの名前と紋章入りで、実際に使える金額よりも安い材料費で鋳造した。一年以内に城に持ってくれれば、通常通貨と交換できる。

計画を二人で練り終えると、ガレスは実行に移すため、様々な手配をしていく。

エルヴィラはというと、さらにもっと細かなことを次々と決めていかなければいけなかった。二人の衣装から、会場の花や装飾、案内状を送る人の選定、手紙を実際に書くこと、足らないだろう宿泊施設の手配などなど。

というわけで、気づいたらエルヴィラのお披露目はかなり大規模なものに変貌していた。領地経営の様々な施策を試す良い機会にもなるし、やるなら大々的にお前を見せびらかしたいと、ガレスは言ってくれたけれど……。

立案から二週間で、やっとお披露目の日を迎えることができた。

――ここまで長かったわ。

鏡の前で自らの服装と髪型の確認をしたエルヴィラは、しみじみと思った。

瞳と同じ紫の、悪役令嬢らしい豪奢なドレス。衣擦れの音がかなりして、重い。

淡い桃色のドレスを着たかったけれど、領民に受け入れてもらうためには、彼らのイメージをいきなり否定してはならない。

つやつやに手入れして、ハーフアップにして高く結った髪には、薔薇の髪飾り。

胸元は強調し、燃えるようなルビーのネックレスをつけた。

――準備は、よろしくってよ？

ここまで労力のいることだと思わなかったので、疲れたという気持ちの反面、やり遂げた嬉しさも込み上げてくる。

――結果がついてくるとよいのだけれど。

問題はそこだけれど、これだけ色々なことをしたので、反響がないということだけはないだろう。

あとは会場でしっかり、ガレスとイチャイチャすること。

当日の重要事項を思い出して、エルヴィラは顔を赤くした。

「……そうだったわ」

準備に大忙しで、すっかり抜けていた。

――腕を取って、なるべく距離を近く、必要以上に近く……。

頭の中で試しに想像してみるだけで、恥ずかしくなるから困った。

けれどこれをしないと今日の日の意味がない。

こんなことなら、事前にガレスと練習してみるべきだったかも。

「……さま……奥様……奥様？」

「あっ！　なにかしら？」

エルヴィラはセルマから呼びかけられていることに気づき、意識を鏡へと戻した。

「旦那様がお迎えにいらっしゃいました」

「もうそんな時間⁉」

どうやら鏡の前で半時ほどぼーっとしていたらしい。

「部屋に通してもらえる？　一応、服装の確認をしてもらわないと」

「畏《かしこ》まりました」

セルマがすぐにガレスを連れて戻ってきた。

立ち上がって彼を迎える。

「ガレス、時間がかかってしまってごめんなさい」

「いや……気にしなくて……いい……」

ガレスはなぜか心ここにあらずのような様子で、エルヴィラは首を傾げた。

「どうかなさいました?」

尋ねると、ハッとしたように今度は目を合わせてくれる。

「……あぁ、すまん。今日はいつもよりさらに美しく、目を奪われた」

「いつもが地味にしているだけですわ」

ありがとう、嬉しい、と言いたかったのに、つい板についてしまっている生意気な悪役令嬢の言葉になってしまう。

これだと普段は地味な服装しか着られないと不満を言っているかのよう。

「いつもの落ち着いたものもいいが、やはり、エルヴィラは華やかなのが似合う」

しかし、ガレスはきちんと本意を理解してくれた。

自然にそっと髪を撫でてくれて、胸の鼓動が嬉しさで跳ね上がっていく。

「……ガレスも……ガレスもその……服、素敵ですわ。いつもと違う感じが新鮮で……」

頑張って、エルヴィラも彼の姿の感想を口にした。

群青色の艶やかな上着に、刺繍の入ったベスト。

クラヴァットはエルヴィラに合わせてくれたのか、薄いラベンダー色である。

めかしこんで、鎧よりも着やせして見えても、近くで見ると、締まった身体がよくわかった。

「その髪も似合っている。花のようだ」

「ガレスのベストも、素敵な模様ですね……」

「胸元のアクセサリーが目に毒だ」

しばらく、恥ずかしがりながらお互いの服を褒め合う。

そこで痺れを切らしたセルマが咳払いをした。

「旦那様、奥様、そろそろ出発されませんと」

侍女の指摘で、二人の世界に入ってしまっていたことに気づかされる。

イチャイチャしなくてはいけないので、良い傾向かもしれない。

「行きましょう、ガレス」

「そうしよう、エルヴィラ」

お互いの名前を何となく呼ぶ。

差し出された腕に摑まり、思いきってさらにいつもより一歩距離を詰めて、エルヴィラはガレスの横で歩きだした。

城から飾り立てた馬車に乗り込んで、会場となるタムワズに向けて出発する。

馬車は箱形ではなく、荷馬車タイプの天井がないもので、この日のために特注したものだった。艶のある黒い荷台を三頭の白馬が引っ張る。

特別な馬車を用意したのは、沿道にいる人から二人の姿がよく見えるようにしたのと、もう一つ理由がある。

「新しく領主の妻となりましたエルヴィラです。よろしくお願いします」

何だか選挙みたいだと思いつつ、道中、人を見つけると笑顔を作り、手を振る。

そして、彼らに向かって緩やかな放物線を描くように小さなものを投げた。

「うわ、何か飛んできた」

子供が面白がって、それに飛びつく。

「特別な甘いお菓子ですわ。ぜひ味わってくださいませ」

エルヴィラが付け加えると、おそるおそる子供は包みを開いた。

中には、白くて丸いものが入っていた。

「わぁぁ、すごく甘くて美味しい！」

一人の子供が口にすると、大声を上げた。

「ほんとだ、柔らかくて、甘くて、なんだこれー！」

次々、周りの子供達も口に含んで、笑顔になる。

「もっとちょうだい！　領主様！　奥様！」

「はーい！　これは私から皆様への贈り物です！」

二人が馬車から領民に配ったもの、それは――饅頭《まんじゅう》。

もともと、この世界に和菓子は一つもなかったのだけれど、準備の合間に気分転換で散歩していたエルヴィラは、偶然、リングフォード領で自生していた小豆を見つけた。

初めはエンドウ豆かと思ったけれど、和菓子の餡《あん》に欠かせない小豆に間違いない。

地元では毒があると言われ、放置されていたそれを、エルヴィラは集めてもらい、城の使用人にも手伝ってもらって、餡子を作ることに成功した。

思ったよりも上手くできたそれを、自分達だけで楽しむのはもったいなくて、せっかくだからお披露目にと、饅頭に入れて配ることにしたのだ。

――高い位置から投げるのは、何だか悪役令嬢っぽいですし。

「饅頭といいます！　毒ではありませんのよっ、ぜひ一口だけでも食べてみてくださいな！」

「わーい！」

次第にゆっくり進む馬車に子供達がついてくるようになる。それにつられて大人達も集まってきて、街の広場に着く頃には大勢の人に囲まれていた。

――さて、ここからですわね。本当の正念場は。

気合いを入れて、最後に残った饅頭を荷台からすべてばらまいた。

「参りましょう、ガレス」

「……お前の望むように。無理はしなくていい。俺のことは気にするな」

彼の腕を取ると、少ない言葉で伝えてきた。

思わず胸がじんとしてきてしまう。

「そういうわけにはいきませんわ」

――ガレスのためにも、悪役令嬢を返上すると誓ったのですから！

彼に向かって頷くと、馬車の荷台を下りた。

「すまない、広場まで通してくれ」

ガレスが一言声をかけると、人集《ひとだか》りがぱっと割れて、二人から広場に向かって道ができる。

――イチャイチャしないと……えいっ！

腕をそっと摑むのではなく、抱きかかえるようにエルヴィラはガレスに身体をくっつけた。

かなり歩きにくいけれど、仕方ない。

「ベタベタしているか？」

「……はい、イチャイチャです」

恥ずかしさに悶《もだ》えるも、顔を下へ向けるわけにいかない。

ぎゅっと腕を抱き締めて、広場まで進んだ。

街の広場は、エルヴィラの事前の指示と手配によって、飾り付けられている。

噴水前には、舞台セットのような階段と一体になった演壇があり、側面はガレスの紋章が縫われた旗が張られている。

季節の花が置かれ、通路を挟む家々には紐《ひも》が繋《つな》げられていて、そこにもリングフォード領の紋章や国旗などが下げられている。

エルヴィラは、ガレスにくっついたまま、慎重に階段を上っていった。

一度、試しに登ってみたことはあるものの、人が集まった上での景色はまた別物で、吸い込まれそうになる。

——視線を集めるのに慣れているのが幸いですわ。

「大丈夫か？　辛ければ、すべて俺が話すが……」

少し躊躇《ためら》いつつも、ガレスがエルヴィラにキスしそうなほど顔を寄せて、囁く。

「この腕は絶対に放さないので、大丈夫です」

今度は素直に微笑むと、エルヴィラは深呼吸した。

そして、ガレスに腕を絡めながら、さらにと指も絡めて、民衆と向き合った。

騒がしかった広場が、急にしーんとなる。

「初めまして。私がガレスの妻となりましたエルヴィラと申します」

先ほどよりもさらに視線がエルヴィラに集まっていく。

——いいえ、違います。私とガレスとにですわ。

「まず、お詫びさせてください。領民の皆さんに挨拶が遅れたことを」

エルヴィラは、ゆっくりと頭を下げた。

「頭を下げたぞ」

「領主の妻が、あの噂の悪役令嬢が……」

謝っただけなのに領民から動揺の声が上がる。

「もしかして、いい人なんじゃないかい？　噂も本当じゃないのかも」

「貴族様が俺達に頭を下げることなんてないもんな」

「噂は噂だしねえ」

思ったよりも良いほうに捉えてくれているみたい。

けれど、エルヴィラには、そのままうやむやにするつもりはなかった。

動揺の声が少し収まったところで、ゆっくりと口を開く。

「いいえ、私が王より幽閉されたのは事実です！」

今度は、はっきりと動揺の声が人々から上がった。

中には嘘だと思ってくれていた人もいたみたいだけれど、事実は事実として、はっきりと認めないと。

「ですが、この旦那様――」

少しだけガレスと視線を合わせてから、ゆっくりまた皆に話しかける。

「ガレスに救われました。今は彼の良き妻であり、良き領主の妻になりたいと思っています」

領民と真剣に向き合ったのが伝わったのだろうか。

ヤジを飛ばすような人はいない。

エルヴィラは言葉を続けた。

「その証拠に夫と相談して、幾つか皆さんのためになることを検討しました。今日ここに、それを発表いたします」

そこまで言うと、エルヴィラは半歩下がった。

今度は、ガレスの口から伝えてもらう番だから。

「俺とエルヴィラとの結婚を記念し、以下のことを宣言する」

羊皮紙に書かれた内容を、彼が読み上げていく。

宣言書は、あとで街の掲示板に張り出して、誰もが見られるようにする予定だ。

「一、本日より十年は税の利率を据え置く」

一つ目から「おぉ」という歓声が上がった。

十年という長めの期限を定めることで具体的になり、税率が上がることへの不安を払拭できるはず。

「二、今日から一週間、リングフォード領すべての街の通行税を無料とする。これは来年以降も行う予定である」

通行税は領主や街の有力者の貴重な収入源だけれど、物価の上昇や商取引の抑制要因になっている。

ある程度の期間、通行税を取らないことで取引を活発化させることができる。

領地内外の商人達が飛びつくことだろう。

「三、医療に関することは今後、領主預かりの事業とし、育成・補助することで、今よりも安く受けられるようにする」

直接、領主が管理することで、質・料金ともに安定させることができる。

結果的には、領民の生活の安心度が増すはず。

「以上、リングフォード領主ガレス」

最後に自らの名前を口にすると、書かれた宣言書を領民に向けてみせた。

もっと色々と考えたのだけれど、この三つに絞った。

あまり欲張ると良い結果にならない。

「……領主様、万歳！　エルヴィラ奥様、万歳！」

領主の言葉を一言も聞き逃さないようにと耳を澄ませていた人達が、皆一瞬無言で顔を見合わせ、そして、自然と声が起こった。

――――大成功かもしれませんわ。

ガレスとともに、声援へ手を振って応える。

皆が笑顔で二人を見てくれていた。

領民の一人が広場に飾られた花を手に取ると、それを宙に放る。真似して、次々と色とりどりの花びらが舞う。

「やったな、エルヴィラ」

「ガレスが隣にいたからです」

腕を摑んだまま、さらに身体をそっと預ける。

いつからか、この温もりが心地よくて、好きになっていた。

力強く、温かく、そして、優しい。

「疲れただろう、そろそろ下がろう」

「もう少し大丈夫ですわ」

ガレスが気遣ってくれたけれど、もう少し領民の声に応えたくて、それからしばらく手を振り続けていた。

広場が落ち着き始めたところで、ガレスとエルヴィラは演壇を下りて馬車へと戻ろうとしたけれど、無理だった。

大男のガレスと派手な令嬢姿のエルヴィラは目立ちすぎて、人に囲まれてしまう。来た時と違って、皆が二人に触れたり、声をかけようとしていた。

「危ないですので、押さないでください！」

とても、馬車が止まっているところまでたどり着けそうにない。兵で押さえつけるわけにもいかず、途方にくれてしまう。

「……エルヴィラ！　こっちだ！」

「えっ……きゃっ！」

すると、不意に身体がふわっと浮いて、ドレスの裾が膨らんだ。

ガレスはエルヴィラの、頭と膝の後ろにひょいと手を落として、身体を持ち上げると、そのまま抱え、人集りをかき分けて強引に進みだした。

「ガレス……？」

囲んでいた人達も追いかけてくるけれど、ぱっとその姿が消える。

「しっ、静かに」

どうやらガレスは街の大通りを逃げると見せかけて、すぐに路地へと隠れたらしい。すぐ横を大勢の領民が通っていく。

しばらく息を潜めていたけれど、彼はタムワズの街を熟知しているのか、それから細い道を数本、選んで進み続けた。

「ここまで来れば大丈夫だろう」

半時ほどして、やっとガレスはエルヴィラを地面に下ろしてくれた。

――お姫様抱っこ、されてしまいましたわ。

彼の胸に抱かれているようなその恰好のせいで、胸の高鳴りが抑えられない。ドキドキが聞こえてしまったらと、ずっと恥ずかしかった。

「どうかしたか？　顔が真っ赤だが」

ガレスが、エルヴィラの顔をのぞき込む。

「す、少し人に酔っただけです」

「だったら、馬車まで抱えたままでいるか？」

「いいえ、結構ですわ！」

全力で拒否してしまった。

本当は少しだけ、いいえ、ちょっとだけもう一度抱っこして欲しかったのですが。

「んっ、誰か来る！」

再び、ガレスの腕に引っ張られ細い路地に入る。

覆いかぶさるようにガレスがエルヴィラの身体を隠した。

――――また、ガレスが近い……今度は何だか、とってもいけない感じで……。

触れていないけれど、とても近い。

ついその身体に抱きついてしまいたくなる。

――――今日は何だか変ですわ。

もうする必要がないのに、いつまでもイチャイチャしたくて……。

ガレスが温かくて、くっついていると、安心するから……？

――――もう一回、抱きついたりしたら、変な顔されてしまうかしら？

優しい彼は、がっしりと受け止めてくれるに違いないけど……。

「はっ……！」

こ、これって、甘えるという感情ではありませんの⁉

親しき仲にも礼儀ですわ、よくないです。

でもでも、もう少し触れていたら、絶対幸せなんですの……！

エルヴィラが誘惑と、恥ずかしさに対して必死に戦っていると、近づいてきた領民の声が聞こえてきた。

「なかなか、面白かったなー、今日のお披露目」

「やっぱり、いい領主だったよな」

こちらに気づいた様子はなく、お披露目についての会話をしているようだ。

「まだ安心するのは早いだろ。なんか妙に仲が良いところを見せつけている感じがして、怪しくないか？」

「あぁ、それ俺も思った。仮面夫婦かもな」

――やっぱり練習しておくべきだった？

後悔していると、さらに男達の声が聞こえてくる。

「そもそも、妻っていうのはもっと地味でこう尽くしてくれそうな優しい女がいいだろ？　あんな悪そうな、生意気そうな女、魅力に欠けるって……俺なら願い下げだな」

「……!!」

聞こえてきた言葉に、エルヴィラはショックを受けた。

確かに、男の人はいつもぽわっとしてて、もっと優しさの滲み出た可愛い感じの人が好きなことが多い。それは前世でも変わらないし……。

気にしていたこと――。

ガレスほどいい人なら、もっといい奥さんを迎えることができたのでは……と。

エルヴィラが、ぼんやり思っていて、でも落ち込みそうだから深く考えないでいたことを、今まさに突きつけられたみたいで。

――別に貴方の妻になったのではありませんわ。私はガレスの妻になったのです！

こっ、好みは人それぞれです！

……くじけそうになったところを心の中で反論する。

今すぐ出ていって正したいのをぐっと堪え、彼らの足音が遠ざかっていくのを待った。

「好き勝手言ってくれる」

完全に通り過ぎたのを見計らって、ガレスが呟く。

「激しく同意ですが……いいのです。気にしていません、罵られるのには慣れていますし」

「俺は――――」

「早く馬車に戻りましょう、ガレス。少し疲れましたわ」

エルヴィラは無理に微笑んで、彼の腕に抱きついた。

「わかった。向かおう」

それからはお披露目を見に来た領民に出会うこともなく、馬車まで戻り、日が沈む前に城へと帰ることができた。


お披露目から戻ったエルヴィラは、夕食後、自分の私室で鏡を前にして、ぶつぶつと一人呟いていた。

髪も下ろし、ドレスを脱ぎ捨ててもなお、派手やかな姿が映っている。

エメラルドグリーンのネグリジェは、落ち着いた色合いのはずなのに、エルヴィラが身に着けると、どうにも威圧感がある。

胸元を結ぶ細い紐も、さりげない精緻な飾りがあるだけなのに、華やかに見えた。

生意気で、優しさのかけらもない……。

魅力が――――ない。

「確かに、目も口も吊り上がり気味で、鼻も高くて……男の人が好きそうな、柔らかくて、優しそうな女ではありませんけど……私だって……」

思ったよりも、女としての魅力がないと言われてしまったのがショックだったらしい。

「確かに、形だけの式をしただけで……まだ……していませんし……」

未だに、ガレスはエルヴィラを抱こうとはしてこなかった。

わかっている。それはとても大事にしてくれているからだということも。

けれど、今日聞いた内容と重なると、不安になってしまう。

――強がってばかりなのがいけないのかもしれない。

時には素直になることも必要。

わかってはいるけれど、どうも悪役令嬢が板についてしまっていて、上手くいかない。

「……大丈夫ですわ……ガレスも男です……きっと……そのうち……獣みたいに私のことを求めてくるに決まっていますわ！」

自分のはしたない強がりに、思わず赤面する。

頬が真っ赤になっていくのが鏡でわかってしまった。

――落ち着いて……落ち着くのよ、エルヴィラ。きっといつか……夜中にガレスがこの部屋の扉を叩いて……優しく……。

「きゃっ！」

頭の中で予行演習していると、タイミングを合わせたかのように、私室の扉が本当にノックされた。思わず、飛び跳ね、椅子が倒れる。

「どうかしたか？　大丈夫か、エルヴィラ！」

扉の向こうからガレスの心配した声が聞こえてくる。

「だ、大丈夫ですわ。何の御用でしょうか？」

胸に手を当てて、驚きで跳ねる鼓動を落ち着かせようとする。

「少し話をと、思ったんだが……」

――今日のことかしら？

ひとまず夜這《よば》いとか、夜伽《よとぎ》ではないとわかって、安心する。

もちろん、それはそれで、受け入れるつもりなのだけれど。いいえ、まだ判断には早い。導入的な会話かもしれないし。

とにかく落ち着かなくては。

「だが、こんな時間に不謹慎だと今気づいた。扉越しでいい」

ガレスは、本当に扉越しに話をするつもりらしい。

「そんなことはさせられませんわ。どうぞ、お入りください」

使用人は城にあるもう一つの屋敷にいるので、夜中は呼ばない限り二人きり。けれど、主人であるガレスを廊下に座らせるわけにはいかず、エルヴィラは入室するように勧めた。

――扉の前であぐらをかく姿は、とても似合いそうですけれど。

想像して、くすっと笑う。

「では、失礼する」

「あっ！　だめですわ！」

鏡の中の自分が、薄いネグリジェしか身に着けていないことに気づいて、エルヴィラはいつもの強い口調で言ってしまった。

「そうだな。やはり、夜中の女性の部屋を訪ねるのは不真面目だ。出直すとしよう」

「違います！　今のはつい出てしまっただけで……準備が……ガレス、少し、少しだけそこでお待ちになってくださいませ！」

慌てて、上半身を覆うものを探す。

――シーツだと……いかにも拒否していますって感じになる？

最初にシーツに包まることを考えたけれど、却下。

ベッドに入ってしまうのは、誘っているみたいではしたないのでより却下。

あまり待たせてはいけないと焦るあまり、クローゼットの中にショールが入っていたのを思い出すのにたっぷり時間がかかってしまった
――これなら、ちょうど良い露出度？

ネグリジェの上へ、紺色のショールを上半身に巻き付けた姿を確認してから、エルヴィラは扉に向かって声をかけた。

「お待たせしました。どうぞ、お入りになってくださいませ」

「今度こそ、失礼する」

緊張しながら待つと、ゆっくり扉が開いて、ガレスの姿が見えた。

露出の少ない夜着であったが、首筋や腕が逞しいのがよくわかってしまう。

「そこにお座りください」

ガレスには部屋に一つしかない椅子を勧め、エルヴィラは迷ったけどベッドに腰掛けた。

「それで、こんな夜中に、お話とはなんですの？」

少し咎めるような口調になってしまう。

エルヴィラにそんなつもりはなくて、夜中に部屋へと来た理由と話の内容を気にしているだけなのだけれど。

「今日、言い逃したことがあった。それを言いに来た」

やはり、ガレスはエルヴィラの悪役令嬢っぽい台詞を気にした様子はなく、答えてくれた。

ほっとしつつ、その言葉の意味に首を傾げる。

――何かあったかしら？

エルヴィラには心当たりがない。

「……言うぞ」

「どうぞ。しかとお聞きしますわ」

なぜか、ガレスが椅子から立ち上がる。

彼はエルヴィラの瞳を真っ直ぐに見つめてきた。

「お前に魅力がないなどとんでもない。エルヴィラ、お前は魅力あふれんばかりだ」

――あっ、あの時のことを……。

偶然聞いてしまった領民の声に対する反論が、ガレスの言いたいことだった。

エルヴィラも気にしていたことで、驚きとともに嬉しさが込み上げてくる。

「自信を持て、俺も本当は、お前に手を出したくてたまらない！」

「変なことをわざわざ夜中に言いに来ないでくださいっ、気にしておりませんから！」

照れ隠しの言葉が出てきてしまう。

ガレスは、その程度では止めなかった。

「だが、お前はいつもの微笑の下で青ざめていた」

「……観察しすぎですわ」

ぷいっと視線を逸らす。

本当は嬉しくて、心が跳ねているのに。

「あえて、もう一度言おう。お前は俺にとって誰よりも魅力的だ」

「もういいですわ！」

ガレスの言葉は直接的になっていく。

「つい手を伸ばし、感触を確かめたくなるほどに、俺のものにしたくなるほどに、一番近くでその声を聞きたくなるほどに」

エルヴィラとの距離がだんだんと詰まっていく。

「俺の言葉では、自信にはならないか？」

「何を言っているんですの？」

強い口調で批難してしまう。

けれど、次に続く言葉はいつもと違った。素直に出てきた。

「貴方だけで充分です。他の殿方に何と言われても気にもしませんわ。貴方がそう言ってくれるだけで私の胸はいっぱいになるのです」

――――素直に言えた……だから……えいっ！

ベッドから立ち上がると、エルヴィラは思いきってガレスの胸に飛び込んだ。

驚きながらも彼は受け止めてくれる。

「エルヴィラ……その恰好《かっこう》……」

抱きとめたエルヴィラの身体に視線を落とし、ガレスがハッとした。

その時、羽織っていたショールがはらりと床へ落ちて、さらに肌を見せてしまう。さっと彼が視線を身体から逸らす。

「……まさかとは思いますけれど、今頃気づいたのですか？」

「お前に伝えるので精一杯だった、すまない」

ガレスからも、エルヴィラからも、お互いの感触がいつもよりはっきり伝わっていた。

意識せずにいられない。

自然と、お互いの視線が合わさり、絡んだ。

「ガレス、私が不安だったのは、貴方にどう思われているか、だけです」

伝えると、答えの代わりに唇が近づいてきた。

「ん……」

そっと、けれど熱い口づけが降ってくる。

長く唇が触れ合って、キスは結婚式でもしたのに、胸の鼓動が忙《せわ》しなく鳴り始める。

「俺は……お前を……抱きたい。ずっとそう思っていた」

そこからのガレスは、紳士とは別の意味で男らしかった。

エルヴィラの身体をひょいっと持ち上げ、ベッドに置く。

——ついに……ガレスと……。

まだキスしかされていないけれど、抱かれることを強く意識した。

いつもよりもずっと熱を持ったガレスの視線は、もう逸らされることなく、じっとエルヴィラを見ている。

もちろん、それを恥ずかしいとは思っても、嫌だとは思わなかった。

つまりはエルヴィラもガレスを待っていて。

「あっ、ん——」

次に何をされるのか、ドキドキしながら待っているとガレスの影が覆い、唇を塞がれた。

今度は押しつけるように情熱的なキスをされる。

一度離れてはまた塞ぎ、感触を確かめるように唇を重ね合う。

好きだというガレスの気持ちが、エルヴィラの中へと流れ込んできた。

「……ガレス……んっ……」

今度はエルヴィラかも好きという気持ちを込めて、唇を突き出す。

きっと伝わってくれる。

お互いの気持ちを伝え合う。その行為を飽きることなく、二人は続けた。

「あっ……」

やがて、ガレスの手がエルヴィラの足に触れた。

優しく、それこそ割れ物を触るかのようにそっとだったけれど、はっきりと感じて、短く声を上げてしまった。

どうやら緊張して、過敏になってしまっているらしい。

――触れるぐらい、何てことはありませんわ。

夫婦だし……恥ずかしいけれど、なるべく緊張を解こうと力を抜いてベッドに身体を投げ出す。

「エルヴィラ……嫌な時は嫌と言ってくれ」

「貴方にされて、嫌なことなどありません!」

――好きなだけ触って、喜んで欲しい。

そう伝えることは、エルヴィラには難易度が高すぎて、否定するので精一杯だった。

「綺麗だ……」

唇が離れ、代わりに視線がエルヴィラを捕らえた。

ゆっくり足下から腰、胸、そして顔へとガレスが見ている。

普段ならば、下品な男達の視線に嫌悪感しか湧かないのに、彼の視線だけは違う。恥じらいを感じつつ、喜びに身体が震えた。

――ガレスが……貴方だけは特別なのですね。

もっと見て欲しいと、はしたないことを心の奥底に感じてしまう。

「……ガレス……その……気に入っていただけて嬉しいですわ」

今の気持ちを伝えようと思ったら、自分でも思うぐらい変な言葉になってしまう。

「外見だけでなく、内面だけでなく……お前のすべてが美しいと俺は思う」

「そんなことを言われたの……初めてです」

ずるいぐらいに甘い言葉を囁かれ、加えて、それを言ったのがガレスなので本心だとわかってしまって、胸が震える。

きゅっと苦しいぐらいに締め付けられた。

身体が、心が、彼を求めてしまう。

――これが……愛おしいという気持ちなのかしら？

ガレスの息づかいを、鼓動を、存在を強く感じて頬を上気させながらも、微かに残る冷静な部分で、エルヴィラは思った。

――恋をしているのかもしれない。悪役令嬢の私が、捕らえられるはずの騎士団長に。

ある意味、完璧にまで捕らえられてしまったのだけれど。

自分の考えにくすっと笑みを浮かべる。

「その隠すように小さく笑う顔も好きだ」

「んっ――」

顔が好きだと言った直後、またキスされた。

何度されても、ガレスの口づけは飽きない。魔法のように好きだという気持ちが増して、離れるとまたして欲しくなってしまう。

思いきって唇を突き出し、催促してみると、すぐに彼の唇は戻ってきてくれた。

「あ、んぅ……ん――」

苦しくて、切なくて、甘い。

こんな気持ちに、自分がなるなんて。

結婚するにしても、前世でも今世でも、きっと表面上の婚姻だと諦めていた。もっとサバサバしていて、義務的なものを思い浮かべていた。

幽閉宣告までされたはずなのに、すべてはこの人のおかげだ。

だから、すべてを差し出しても足らないぐらい。

「あっ……あぁ……あっ……」

ガレスの手がエルヴィラの身体を乱していく。

素足の感触を味わうと、腰を優しく撫でて、薄く透けてしまいそうなネグリジェの上から上半身に触れる。

一度肩まで上がって、胸元に落ちて、二つの膨らみに向かっていく。

彼の指の動きは、官能的に感じて、自分でも驚くほど淫《みだ》らな吐息がもれた。

身体が悶え、ベッドが微かに軋《きし》む。

興奮で神経が過敏になってしまって、そんな小さな音にも気づいてしまう。しかも、どれもが淫らな気がしてしまうから困った。

「……とても柔らかいな」

「貴方に比べたら当然です」

きちんと褒めてくれるガレスの言葉に照れてしまう。

エルヴィラは、ベッドに投げ出した手を彼の腕に伸ばし、触れてみた。

固くて、逞しくて……けれど、優しい感じがする。

騎士団長なのだから当然だけれど、自分の細い腕とは別物のよう。

「役目が違うからな」

「私を捕まえるのですね？」

ちょっとした意地悪が口から勝手に出てしまう。

「違う。守るためだ」

「では、今のこの手はなんですか？」

エルヴィラの身体を乱しているこの手。

愛おしくも、官能的で、淫らな指。

「愛でている。愛おしくて仕方ないものを。守るべきものを」

「では、仕方ありませんわね」

微笑みかけて許可すると、ついに彼の指が双丘にたどり着いた。

大きな手が胸を包み込み、ゆっくりと締め付けた。

「あ、あ、あっ……」

胸に触れられたことなどなかったので、それだけでエルヴィラは小さく震えた。

やがてガレスの指がぎゅっと締め付け、緩ませる。それを繰り返していく。

――私……胸を揉《も》まれているわ……夫に……ガレスに……。

乳房の感触を楽しむかのように、時折、揺すったり、強さを変えたり。

伝わってくる感触もだけれど、胸を揉まれているという意識が、エルヴィラを淫らな気持ちにさせた。

――身体が……熱い……？

ガレスに触れられたことによる、自らの変化に気づき戸惑う。

全身が熱を持ち始め、息が荒くなっていく。

それに、疼《うず》くように身体の芯が鼓動していた。

「ん、あっ……あっ！」

太い彼の指が乳房全体ではなく、その先端に直接触れる。

興奮した胸の蕾《つぼみ》は、いつの間にかツンと固くなって、淫らになってしまった。他よりも敏感になっていて、触れると刺激が身体へと流れ込んでくる。

「あ、んっ、あっ……あぁっ……」

それからガレスは胸全体を揉みながらも、執拗《しつよう》にエルヴィラの乳首を責め続けた。指先で引っ掻《か》いたり、押したり。

声がもれ、意識がすべて彼の指の感触に引っ張られてしまう。

――そこばかり……だめっ……あああっ！

刺激に慣れるどころか、身体が熱く、淫らになるばかり。

シーツの上で身体が何度も跳ね上がった。

「あぁ……はぁ……ああ……」

荒く、甘く、淫靡《いんび》な吐息が部屋に響く。

ガレスはさらに胸の先端を責めながら、官能的に胸を揉み続けた。時折、揺らされ、引っ張られ、乳房の形が歪《いびつ》に変えられてしまう。

直接感じるだけでなく、自分がされている行為を見て、さらに興奮が増す。

「やっ……あっ……はあっ……」

止められなかった。

熱も、吐息も、淫らさも、何もかも。

彼の指は愛おしくて、拒むことなどなくて、身を任せてしまう。

「あ、あっ！　あっ……」

その時、ガレスの片手が下へと伸びて、ネグリジェを捲《まく》り上げた。

お腹の白い肌が露わになり、先ほどまで散々揉まれてうっすらと赤くなった双丘も、彼の視界に晒《さら》される。

恥ずかしくも、エルヴィラの興奮を表すように中心の蕾はより赤く、ツンと尖《とが》っていた。

——見られてる……私……。

視線を感じて、身体を震わせる。

しかし、それを温かな手が包み込んだ。ガレスの手が再び乳房を覆う。

——あっ！　さっきよりもさらに感じるっ！　ああっ！

「んっ、あっ、んっ……ああっ……」

直接乳房を揉まれて、エルヴィラは嬌声《きょうせい》を上げた。

少し汗ばんだ肌は、いやらしくも彼の手のひらにぴったりとくっついて放れないかのよう。

締め付けられ、引っ張られを繰り返していく。

ネグリジェの上からでも充分に刺激的だったそれは、より卑猥《ひわい》な快感になっていた。

「ん、んぅ……は、あぁ……ああっ……あっ……」

律動的に彼の手は乳房を揉み、刺激する。

エルヴィラは徐々に力が抜け、快感に身を委ねていた。

――男の人に胸を触られて……気持ちよくなって……しまってる……。

淫らな身体だと恥じる一方、ガレスだからだとわかる。

彼を好きだという気持ちがあるから、嬉しくて、身体がより感じてしまっているのだと。

「その仕草、その顔……反則だ……」

「あっ、ん――」

ガレスは呟《つぶや》くと、またエルヴィラの唇を奪った。

今までの確かめ合うようなキスではなく、興奮し、とても熱せられた唇。

苦しくて、でも気持ちよくて、求めてしまう。

「んぅ……ん……んんっ……」

口づけをどちらからともなく、何度もしながら、ガレスはエルヴィラの身体をさらに乱した。

胸を離れると、腰のラインを楽しむように滑らせていく。

その行為はエルヴィラのもっと淫らな場所を探しているかのようにも思えてしまった。

――あっ！　本当に……。

「あ、あ……」

小さく声を上げる。

また、違う官能的な刺激を覚えたからだった。

柔らかな生地が、するりと白い足を下りていく。

ガレスがキスの隙をつくようにして、エルヴィラの下着に指を引っかけ、そのまま脱がせようとしていた。

侍女によって毎日整えられている肌は摩擦もないぐらいに滑り、最も大事な場所を隠す小さな布はベッドの脇へと消えてしまう。

――――何も……つけてない……。

下肢を覆うものがなくなり、秘部がひんやりとした夜気を感じ、自覚した。

解放感とともに、次の目的はそこだと示されたかのようで、覚悟する。

「ガレス……その……私は……初めてで……」

言っておかなければと思い、勇気を出してエルヴィラは口にした。

悪役令嬢としてどころか、前世でも経験がなく、完全に彼任せになってしまう。

「あぁ、優しくする。少しだけ始めは辛抱してくれ」

彼は耳元で囁くと、安心させるように額へキスをしてくれた。

未知の領域すぎて、エルヴィラのできることはなるべく力を抜いて、彼の行為を邪魔しないことしかできない。

繋がるのだと思って身構えていたけれど、ガレスはすぐにするつもりはないらしい。

腿《もも》を指で撫でると、そのまま彼の手は秘部にまで伸びた。

「あっ……ひゃっ、んっ……」

その敏感さに驚きの声を上げる。

胸を触れられた時の数倍の刺激が、少し触れられただけで身体を襲った。

一度、指を放し、今度はさらに優しくガレスが秘部を愛でていく。指の腹でゆっくり触れて上下したけれど、それでも腰が震えるほどの快感と刺激だった。

――――なんですの、これ……。

「ん、あっ……あっ……」

慌ててぎゅっと唇を結んだけれど、隙間から嬌声がもれてしまう。

ガレスの指はその間も秘裂を撫で続けた。

強すぎない力で広い範囲を擦っていく。すると、次第に蜜が溢れだし、指とその周りを濡らしていった。

恥ずかしい感触だけれど、そうしないと繋がりにくいという知識はエルヴィラも持っていた。

さらにエルヴィラの蜜は溢れだし、時々、淫らな水音を立てる。

もう止めて欲しいような、止めて欲しくないような、不思議な欲求が心の中で渦巻いていた。

「抑える必要はない。感じるままにしていい」

――――そんなこと言われましても。

令嬢としては、恥ずかしさだけは取り払えないし、なくしてはいけないもの。

ぎゅっと目を瞑《つむ》って、エルヴィラは秘部への愛撫を受け続けた。

「これは……どうだ?」

ガレスに囁かれ、何のことかと思うと、急に媚裂《びれつ》へ別の快感が生まれた。

「あっ……あっ……ああっ……あ……」

彼の太い指先が、媚裂全体ではなく、入り口部分を強く刺激していた。

すぐにでも中へと入ってきそうな、そんな危うい感覚が心を震わせ、声となってあふれ出る。

さらに彼は指を媚裂の少し上、盛り上がった部分に触れて、引っ掻いた。

「あ、ああ――――っ！」

顎を上げ、嬌声を部屋に響かせる。

今度はじわりとした快感ではなく、雷のような、強烈な刺激を覚えた。

神経に直接触れられているような、そんな鋭さ。

刺激に反応して、蜜がさらに秘部を濡らしてしまう。

「そろそろ、繋がるぞ」

「……ど、どうぞ」

エルヴィラを安心させようと、ガレスがまた額にキスをして教えてくれた。

――男の人のを……私が……受け入れるのよね？

持っている数少ない知識を引きずり出し、初めての恐怖を和らげようとした。

けれど、ガレスが服を脱いだ際にちらりと見えたもので、無駄になってしまった。

――何だか……大きくなかった？　入るの、かな？

もちろん、凝視なんて無理で、ぱっと視線を逸らしたので推測でしかない。

どちらにしろ、エルヴィラには彼がしてくれるのを待つことだけだと腹をくくる。

「あつぃっ……!?」

腿にいきなり指とは違う感触を覚える。

熱くて、何か尖っていて、固いような……。

そこまで考えて、それが先ほど一瞬見たガレスの肉杭だとわかり、赤面した。

――やはり、とても大きくないかしら？

体型がかなり違うので、当然のことなのだけれど。

男の人に関する知識はほとんどないので、考えたところで結論は出ない。

そうこうしている間に、ベッドに仰向けになっているエルヴィラに、ガレスは覆いかぶさってきた。

互いの肌が密着する。

足は左右へ開かれ、秘部へと彼の熱が近づいてくるのがわかった。

ぞくぞくとするその感覚に震えていると、媚裂を肉杭が塞いだ。

「あ、あぁっ……ああっ！」

腿に感じたよりもずっとその熱を感じて、喘《あえ》ぐ。

指よりも、唇よりも、肉杭はずっと熱くて、興奮していた。

触れていることで、体温だけでなく、鼓動までもが伝わってくる。

――これが……私の中に……？

未だに入ることが信じられないでいると、ガレスが下半身に体重をかけてきた。

太く、固い肉杭が媚裂に押しつけられ、入ってこようとしている。

「あ、あ、あっ……ガレス……待って……あ、ああっ！」

思わず、エルヴィラは声を上げてしまった。

入り口に突き立てられただけで、それはとても苦しくて、きつかったから。

けれど、ガレスは行為を止めようとしなかった。

そのまま腰に力を入れて、一気に押し入ってくる。エルヴィラは思わず、ガレスの背中に手を回し、引っ掻いてしまった。

「んんんっ……んっ、ああ――――っ！」

何か遮っていたものが外れ、ぐんっと肉杭が一気にエルヴィラの中へと入ってきた。

奥で止まると、そのまま動かなくなる。

じんじんとした弱い痛みはあるけれど、苦しさからは解放されていた。

中にあるものは、確かに自分ではないのだけれど、自分の一部のような、そんな不思議な感覚がする。

「すまない、だが長引くほうが辛いと思った」

それが待って、と言ってしまったことだと気づくのに少し時間がかかった。

あれはエルヴィラとしても、怖じ気づいて口にしてしまったので恥ずかしい。

「私も貴方の背中を引っ掻いてしまいましたし……」

最後に悪役令嬢っぽいことをしてしまったし。

「背中ぐらい、幾らでも構わない。それより痛みはないか？」

心配するガレスの問いに、エルヴィラは頷いた。

血は少し出たと思うけれど、多くはなさそうだし、痛みもだんだんと引き始めていた。

代わりに苦しいというか、膣内《ちつない》のきつさは増していた。

あんなにも大きな肉棒が、自分の中に入ってしまっているのだから、仕方がない。

まだまだ信じられないけれど。

「続けるか？　ここでやめてもいい」

「貴方が望むなら。いえ……最後まで、したいですわ。貴方の妻として」

相手に決定を委ねようとして、エルヴィラは言い直した。

繋がってより大きくなったものが一つある。それは、ガレスを愛おしく、喜ばせたいという気持ちだ。

だから、続きをして欲しい。

「わかった、無理はするな」

「はい……ん――――」

ガレスの顔が近づいてきて、目を瞑るとキスされる。

それが合図のように彼が腰を動かし始めた。

「あ、あっ……ああっ……あっ……」

肉杭が引き抜かれていく。

互いがぴったりと密着していたので、膣襞は強く引っ張られ、擦られ、強烈な刺激と快感を生んでいく。

腰が震えてしまう。甘い吐息があふれてしまう。

「ああ……今度は……また……」

――奥に……くるっ！

入り口付近まで一体後退すると、再びガレスは腰を突き出した。

最初と同じように、けれど邪魔するものがない分、徐々に肉杭が進んでくる。その今まで味わったことのない感覚に、エルヴィラは身体の中も外も痙攣《けいれん》した。

削りながら、密着しながら、繋がる感覚が増していく。

しかもそれで終わるわけはなく。

「あっ……あっ……ああっ……あぁぁぁ……」

ゆっくり引くと押すとを繰り返すのかと思っていたけれど、今度は腰を前後に動かしていきしかもそれは次第に早く、激しくなって、ベッドにエルヴィラを打ち付けるかのようだった。

突かれるたびに、嬌声がもれてしまう。

そうしないと快感を逃がすことができずに、意識が飛んでしまいそうだったから。

「ん、あっ、ああっ……ん、んんっ、あぁ……」

ガレスが何度もエルヴィラを中から揺する。

肉棒と膣襞は激しく擦れ合って、強い快感を何度も身体に伝えてきた。

――こんなに激しいこと、世の中にあるなんて。

それは圧倒的に現実的で、生命力に溢れていて、劇的だった。

感動すら覚えながら、ガレスに身を委ねる。

けれど、それは長く続かなかった。

何かが身体の奥底からあふれ出して、強い衝動が襲ってくると本能的にわかる。その感覚はますます強くなっていく。

「ガレス……私……私……!」

わからないけれど、伝えようとガレスを見た。

「……エルヴィラ!」

「あ、ん――――」

すると、彼もエルヴィラの名前を呼んで荒々しくキスをしてくる。

「ん、ん、んんっ……あああっ……」

肉杭が奥へと挿入されて、腰が密着する。ギシギシとベッドが激しく揺れた。

奥に突き刺された刺激で、エルヴィラは背中を反らし、震える。

「あぁぁ……ん――――!」

そのまま、二人の腰は激しく痙攣し合った。

頭の中が真っ白に塗りつぶされ、痛いほどの快感が全身を襲う。

次に気怠《けだる》い感覚がやってきて、エルヴィラはベッドに身体を投げ出した。ガレスも追うようにして、隣にその巨体を横たえる。

「頑張ったな、エルヴィラ……」

最後まできちんとできたのかという不安を、事前にガレスが取り除いてくれる。

疲れていて、声もでなくて、何とか笑顔で返す。

彼の腕が肩へと伸びて、抱き締められる。その人肌はエルヴィラにとって、何よりも心地よくて、すぐに睡魔に負けてしまった。

【第五章】たい焼きと富みの方法～森の中、夫が野獣で恥ずかしいです～

エルヴィラは朝食を取り終えるといつもの町娘の恰好《かっこう》に着替え、城を抜けだした。

馬車は使わず、朝の散歩を兼ねて、オルビー城から真っ直ぐに続く道を歩いていく。

太陽が斜めより少し上に来る頃、タムワズの街にたどり着いた。

広場の中心から離れたところ、ワインとエールとベッドの看板がある店の扉を開く。

「おはようございます！」

「今日も来たんだね。いつも通り掃除からお願いできるかい？」

扉に取り付けられた鈴の音と同時に、中から女将《おかみ》であるドロレスの元気な声が聞こえてきた。

「ええ、お任せくだ……じゃなかった、任せてください！」

「よし、頼んだよ」

ここは、最初に領民達の声を聞こうとエルヴィラが訪れた酒場だった。

お披露目の後、どうにも反応が気になって、ちょこちょこと訪れていたのだけれど……。

何となく、目的を見抜かれてしまっていそうなドロレスから「いっそのことウチで働いてみるかい？」と誘われてしまい、手伝うことになった。

何度も酒場に女性一人で行くのは怪しいし、街で仕事するのは良い社会経験になる。いつ来てもいいし、いつ帰ってもいいと言ってくれて、エルヴィラからは給金を断って昼食をご馳走してもらうことにした。

ガレスには秘密のままなので、融通を利かせてくれるのはとても助かる。

「まずは表、掃除してきます！」

エプロンを直すと、箒《ほうき》を摑《つか》んで出ていく。

掃除は使用人達がするのをよく見ていたので、難なくこなすことができた。入り口の塵《ちり》を掃いて綺麗《きれい》にすると、扉を布きれで磨いていく。

酒場は夕方から夜まで開いているものだと思ったけれど、ドロレスの店は宿屋を兼ねているので、朝早くからやっていた。

宿泊客以外にも少しだけれど食事を求めて客がぽつぽつとやってくる。

「すまない、宿は空いているかね？」

初老の男性が、店の前で掃除をしていたエルヴィラに声をかけてきた。

「確認してきますので、少しお待ちくださいませ」

頭を下げると、中にいるドロレスに泊まりが可能か聞いて戻る。

「空きがあるそうです。ご希望があれば、お食事も用意できます」

「それは助かった。お願いしよう。厩舎《きゅうしゃ》はどっちかな？」

男性の後ろには一頭立ての小さな荷馬車が止まっていた。

「案内します」

店の裏手にある厩舎に案内する。宿泊客はこうして馬車ごと宿に泊まることを、エルヴィラも働いて知った。

お客としてでは、気づかなかったことだ。

「商人の方ですか?」

「旅を兼ねてね。あちこちを回るのが私は好きで」

「素敵ですね」

色々な場所に行って、色々なものを見て、色々な人と話すのは、大変な反面、きっと楽しいことだろう。

「リングフォードはいかがですか?」

「のどかなところだね、ここは。皆楽しそうだ。領主がいいのかな?」

ガレスのことが出てきて、何だかとても嬉《うれ》しい。

この際だから、色々聞いてみるべきなのかも。

「あの……もし、よろしければ教えてもらいたいのですが……」

「なにかな? お嬢さん」

商人の男性はわざわざ足を止めてくれた。

「リングフォード、もしくはこの街に足りないものって何かありますか?」

「そうだね………私かな」

しばらく考えてから、謎かけのような答えが老人から返ってくる。

「旅行者や商人。領地の外から来る人間。見ていると人の行き来が少ないように思ったかな」

「そういう意味でしたのね」

確かにリングフォードには名所があるわけでもなく、王都や他国との主要な貿易路となっているわけでもない。

定期的に回ってくれる商人を除けば、彼のような他の領地から来る者は珍しい。

「ありがとうございます、参考になりました」

これは一考の余地ありかもしれない。

「しかし、不思議なことを聞くものだね。酒場で働いているのに、領地全体のことなんて」

「そ、そうですか⁉　私は色々と想像するのが好きでして……厩舎に着きました。私は部屋のご準備をしてきますので、失礼します」

誤魔化しながら、男性から離れて店に戻る。

――危ないところだった。正体がばれてしまいますわ。

確かに町娘が領地経営に関する質問をするのは、怪しすぎる。

これからは少し注意しようと思いつつも、良いことを聞けたと思った。

少しでもガレスの領地経営を手伝って、リングフォードを富ませ、街の皆を笑顔にしたい。

エルヴィラの評判は、一応はよくなった。

けれど、それだけでは、妻でもただのお荷物である。

とてもマイナスからのスタートが、ちょっとマイナス……ぐらいに、軽減したところ。

恩返しとか、役に立ちたいとか……言葉にするのは簡単であったが、それを押しつけてはならない。

優しいガレスのことだから「必要ない」と言ってくれるだろうけれど。

――――リングフォード領のために、良いことをしたい。

さっそく、取りかかることにしたのだけれど……。


翌日、エルヴィラは私室で頭を悩ませていた。

「ふぅ、外の方に来ていただくのって……難しいですわね」

ペンを片手に、書きつけながら考えを整理していたのだけれど、行き詰まっていた。

リングフォードに外から人を呼ぶ方法は、大きく分ければ幾つかある。

一つ、観光地的な名所――――遺跡や教会、温泉、他にない自然地形など。

使用人達から情報を集めたりしたけれど、リングフォードにこれといったものはなかった。

あえて、言うならば、かつては他国との争いが頻繁にあったオルビー城砦《じょうさい》ぐらい。この城を公開して、観光客を呼ぶというのは無理がある。

二つ、お祭り――――お披露目のようなもの。

確かに前回のお披露目は、関税や地域通貨の件もあって、タムワズには大きな効果があったようだった。けれど、効果は限定的。

毎月、何かしらの祭りをするわけにもいかず、却下。

三つ、大きな人の流れを作る――――王都へ行く人の宿場街や、隣国との貿易地とか。

隣国とは戦争状態ではないものの、貿易をするほど関係が良好でもないらしい。

王都からは遠いので、そもそも宿場街にするのは無理。

いっそのこと、リングフォード領を王国化する案まで考えたけれど……無謀すぎた。

前世の知識まで全動員したけれど、なかなか良い案が浮かばない。

「残ったのは……」

書いたところに次々×をつけていくと、最後に一つだけ残った。

四つ、地域限定の特産品――――食材や食べ物、工芸品など。

珍しいものがあれば、それを買い付ける商人が行き来してくるようになる。

リングフォードの主な産業は、林業と農業、酪農でこれといった特徴がない。畑もパンを作る小麦が中心で、特別なものはなさそう。

けれど、特産品ならば効果はゆっくりかもしれないけれど、小さな規模からできそうで、エルヴィラにも何か提案できるかもしれない。

一番現実性のある方法のくくりに思えた。

「クマの木彫りは……もう少し皆にわかるものがいいかもしれませんわ。陶器などは陶芸の経験はないのでまったくわかりませんし」

やはり、これと言ってしっくり来るものがない。

前世も今世も都会暮らしだったので、とても難しい。

――やはり、私には無理なのかしら。

「……!?」

悩んでいると、扉をノックする音が聞こえた。

このゆっくりと大きな音はガレスに違いない。

「エルヴィラ、少しいいか？」

「構いませんわ、どうぞ」

返事をすると、扉の前まで行って出迎えた。

この時間は、訓練をしているはずだったけれど。

「どうされたのです？　訓練のはずでは？」

「今日は休んだ」

ガレスはとても規則正しい生活をしていて、毎日の鍛錬を欠かさない。多少熱があっても、戦場では体調が悪い時もあると、構わず身体を動かすぐらいだ。

それを休ませるなんて、何か重大なことが起きたのかとエルヴィラは身構えた。

王国からの呼び出し、悪役令嬢を処刑しろとの通達など、悪いことが一斉に思い浮かぶ。

「何か悪い知らせでもあったのですか!?」

「いや、何もないが」

拍子抜けするぐらいに、あっさりとガレスが答える。

「では、一体なにが……」

「近くの森まで一緒に歩かないか？」

「……？」

想像していたものと、彼の言葉とのギャップがありすぎて、思考が止まってしまった。

「もしかして……デートのお誘いですの？」

「そうだ」

よく見れば、嬉しそうな、照れているようなガレスの表情。

たぶん、エルヴィラにしかわからないだろうけれど。

「喜んで、ご一緒しますわ」

ともかく、エルヴィラは胸を撫で下ろし、笑顔で頷いた。


ガレスが誘ってくれたのは、城の西に広がる森。

正門から出て、ぐるりと回ると木々の下を二人で並んで歩く。

「気持ちいいですわね」

森はその深さと、国境付近という地理的理由で、人の手が入らず、自然がそのままに残されていた。

時々、鹿や狐《きつね》、リスが姿を見せ、様々な鳥の鳴き声が静かな森の中に響く。

木洩《こも》れ日《び》が光のカーテンのように揺れていて、美しかった。

こういった場所にいると、怖くもあり、温かくもあり、人間も自然の一部なのだと実感する。

空気が美味《おい》しくて、深呼吸すると身体が内側から癒やされていく気がした。

「どこへ向かっているのですか?」

「小さな川だ。そこで釣りをしようと思う。夕食の食材の調達にもなるしな」

ガレスが背中に背負った袋から釣り竿を取り出してみせる。

「素敵ですわ! 早く行きましょう」

釣りをした経験は今までなかったので、とても楽しみ。

「先に行くな。突然、沼になっている場所もある」

スキップして彼の前へ出たエルヴィラは、腕を摑まれた。

「……ごめんなさい」

「いや、俺こそ、声を上げてすまなかった」

心配してくれたのだ。

反省の印に、そっと彼の腕に自分の腕を絡めた。

くっつきながら歩くのは、少し面倒だけれど、ガレスとなら苦にならない。

「少しは気分転換になったか?」

「……気づいていたのですか? 私が悩んでいたこと」

驚いて顔を見ると、彼は頷いた。

――この人は、本当に私のことをよく見ていてくれる。

「よかったら聞くぞ」

「実は……リングフォードを富ませることを考えていたのですが行き詰まってしまって」

どちらにしろ、案を思いついて実現させるにはガレスに協力を仰がなければいけない。

エルヴィラは酒場で働いていることを伏せつつも、正直に話すことにした。

もしかすると、彼から何かアイディアやきっかけをもらえるかもしれない。

「リングフォードにしかない特産品があれば、もっと人の行き来が増えて、領民達が潤うと思ったのですが……」

「特産……他の土地にないものか。それは難しいな」

ガレスの言葉は、この問題の難しい点を指摘していた。

他にはないということは、一から作り出さなくてはいけない。ぱっとすぐに思いつくものでもない。

「特に期限がある問題でもない。二人でゆっくり考えて、何か思いつけば良い。あまり考え込むな」

「はい、ありがとうございます」

大きな手で、頭を優しく撫でてくれる。

エルヴィラは、猫のようにじゃれてしまいたくなる気持ちをぐっと堪《こら》えた。

――――本当にあやすのが上手《うま》いのですから。私は子供ではありませんが！

「ついたぞ」

むぅっとガレスの腕を抱き締めていると、目の前に小川が広がっていた。

森は開け、水面に太陽の光が反射して輝いている。

「本当に自然って綺麗ですわね」

街の中に流れる穏やかな川も風情があっていいけれど、自然の中の川は宝石のようにキラキラしている。

「お前の笑顔のほうが――――」

「それは言わなくていいです。恥ずかしいので」

前に城壁の花を綺麗だと言った時に、お前の笑顔のほうが綺麗だと言われたのを思い出し、慌ててガレスの口を指で塞いだ。

――――何度も言われると効果が薄れますし。

心の中で照れ隠しの言葉を浮かべる。

「承知した。この辺り……か」

釣る場所に目安をつけると、ガレスはちょうど良い大きめの石の上に敷布を置き、エルヴィラの座る場所を確保してくれた。

慣れた手つきで、分解して入っていた釣り竿を組み立てていく。

「釣りはたまにするのですか?」

「しばらくしていないな。昔、戦場では食料のために釣ったが」

「そんなことまで」

久しぶりだと言ったわりには、てきぱきと準備をして、釣り竿の先端を川の深いところへ投げ入れた。

「釣れてくれるといいが」

釣り竿を適当な石と石の間に引っかけると、ガレスはエルヴィラの隣に腰掛けた。

「このままでも、私は構いませんよ」

彼の腕に、頭ごと身体を預ける。

「そうだな。このままでいい」

肩を抱かれ、それから二人でぴったりとくっつきながら、ぷかぷかと動く浮《うき》を眺めていた。

どちらかというと忙《せわ》しなく動くのが好きというか、今までの日課だったけれど、こういう日も悪くない。

するとぐぅと大きな音が隣から聞こえた。

「悪い。歩いたから少し腹が減ったらしい。我慢のできない身体だ」

ガレスは特別身体が大きいので、仕方がない。

「ふふふ……魚は釣っても、夕食には間に合いそうにありませんね」

「たくさん釣れば問題ない」

冗談を口にして、笑い合う。

「そうですわ。急いでいたのでこんなものしかありませんが」

エルヴィラは、森の散歩に誘われた時に急いで持ってきたものを思い出し、小ぶりの鞄から取り出す。

侍女を連れて来なかったのでサンドウィッチやスコーン、紅茶などのお茶セットは持ってこられなかったけれど、代わりにちょうど良いものがあった。

「はい、どうぞ」

包みを解くと、ガレスの口に近づける。

「……あぁ、お披露目の時に投げたあのマンジュウとやらか」

ガレスはエルヴィラの口からぱくっと饅頭《まんじゅう》を頬張った。

――あっ、何かこの感覚、とっても良いですわ。

エルヴィラは、自分の手から最愛の人へ食べ物を与えることに、震えていた。

「もう一個どうぞ」

「もらおう」

またぱくっとエルヴィラの手から饅頭を食べる。

――これは……餌付け！

「エルヴィラ、これじゃないか？」

「まだ、ありますので、どんどん行ってくださいませ」

ひょいひょいっと、椀子《わんこ》そばの要領で与えていく。

「もらおう……ぱくっ。エルヴィラ、聞いているか？」

「もう一つ！　えっ……何がですの？」

エルヴィラは、やっと餌付けの快感から引き戻された。

自分のしていたことの恥ずかしさに顔を背ける。

「他の土地にはない、ここにしかない品だ」

ガレスが大きな指で、小さな饅頭を指した。

小豆はこの土地に自生していたものの、調理法がわからずに毒があるとされて放置されていた食物だった。

「餡子《あんこ》といったか？　黒く甘いコクのあるものなど、他では見たことも聞いたこともない」

「確かに、そうでしたわね！」

前世でよく和菓子は食べていたので、エルヴィラの中では普通のもので、ガレスに指摘されるまで気づかなかった。

実際に城ではお茶菓子として、たまに作ってもらっていたし。

味わっていたのがほぼ自分一人だったので、見えていなかったのかも。

「けれど……皆さんにはあまり評判がよくなくて」

そう、お披露目で配ったので、人気が出るとばかり思ったけれど……。

子供達は小さくて、丸いものが面白かったようだけれど、大人にはまったく駄目だった。

やはり、似たようなものがないから慣れていないからだろうか。

「俺は好きだぞ」

――――この人は私の作ったものなら何でも美味しいと言いそうなので参考になりません。

さらりとひどい結論を出すも、実際そうなのだから仕方ない。

「だが、そうだな……インパクトが弱いかもしれない。形がそそられない」

――形？　丸く小さな見た目が？

確かに言われてみると、地味で、印象が弱いかもしれない。

これはこれで、満月の形として風流があるのだけれど。小さくて、食べやすいし。

その辺りの感覚はリングフォードの人達とは違うのかも。

「だったら、形を変えてみるのが良いのかしら？」

評判さえ解決すれば、確かに小豆を使った菓子は特産品になるはず。

丸だと地味なので、いっそのこと三日月型にしてみる？

作り辛くならないかしら？

他に菓子の形と言われると……葉や花を象ったものがよくあるけれど、作れる自信がない。

特産品とするには、皆が作れるものでないと困るし。

「んっ⁉　かかった！」

「……何がですの？」

突然、立ち上がったガレスに驚く。

見ると、石に引っかけてあった釣り竿が大きくしなっていた。間一髪、彼が手を伸ばし、飛んでいくのを防ぐ。

エルヴィラも彼の近くに駆け寄った。

「早く引き上げなくていいんですの？」

ガレスは釣り竿をしっかり摑んでいるだけで、特に引き寄せようとはしない。

「大物を釣る時は、少し魚を弱らせてからにするんだ。そうしないと糸が切れたり、竿が折れたりしてしまう」

彼の知識に感心して、あとは見守る。

「ふんっ！」

しばらく、ガレスは一気に魚を引き上げにかかった。

川の中から勢いよく大きな魚が飛んできて、岸に落ちる。それでも、ぴちぴちと勢いよく跳ねていた。

その光景を見て、何かが頭の中を過ぎる。

――魚……魚……魚に……あんこ⁉　あれは……えっと……。

「たい焼き！　そうだわ、たい焼きよ！」

「んっ？　この魚はそんな名前ではなかったはずだが……」

思い出したことを叫んだエルヴィラに、ガレスが首を傾げる。

「違いますわ、特産品の話です。魚の形の皮に、あんこを入れるのです。これなら、印象的できっと話題になるはず……ありがとう、ガレス！」

「お、おいっ！」

興奮して、エルヴィラはガレスの首に飛びついた。彼は抱きとめてくれて、落ちないようにゆっくり腰を下ろす。

「ガレスのおかげだわ。何もかも」

「良い特産品を思いついたのだな？　それならばよかった」

エルヴィラの説明に半信半疑ながらも、ガレスは喜んでくれた。

「なるべく早く試作品を作らなくては……たい焼きの皮は確か薄力粉だから、合う小麦を選んで……あとは型を街の鍛冶屋《かじや》さんにお願いを……」

煮詰まっていたからか、完成させるための工程が次々と浮かんでいく。

「ならば、まずは帰る準備をするか」

「ごめんなさい、せっかく楽しかったのに……貴方にすべて」

一人盛り上がってしまったことに気づいて、エルヴィラは謝った。

「いや、お前がそれだけ領地について真剣に考えてくれたこと、嬉しく思う」

「当然です。私はリングフォード領主の、貴方の妻なのですから」

自然とお互いの視線が絡む。

腰を下ろしているガレスに、エルヴィラは抱きつき、抱き締められるような姿になっていた。

さっと頬が赤くなる。

「貴方にお礼をしないと。ガレスのおかげで思いつけたのだから。何か私にできることなら何でもしますわ」

特に考えもなしに言ったのだけれど……。

「……いや、礼などいい。いや……よくはない」

さっとガレスの視線が泳ぎ、そして、首を振った。

エルヴィラには、それだけで彼が本当は何を望んでいるのかわかってしまった。

「もしかして……あの……その、ええと…………………し、したいの、ですか?」

恥ずかしかったけれど、勇気を出して聞いてみる。

今日は一日ベタベタしていたし、今もこうして抱きついているので、もし欲情させてしまったとしたら、自分のせいなのだ。

「もちろん、俺はお前をいつでも抱きたい。今はそれが多少強くなってしまっただけだ。何も特別なことではない」

――つまりは、今、ここでしたいという意味……よね?

男の人の欲望は、一度高まると、なかなか収まらないと聞いたことがある。

おそるおそる着衣の上からの、彼の様子を確かめてみる。

はっきりとわかるほどに、興奮していた。

――これは、妻の役目ですわ、きっと!

何やら、使命感が湧いた。

「すまない……初めて抱いた時からずっと、お前の身体の柔らかさ、滑らかな肌の感触、唇の味、甘い香り、すべてが忘れられない」

「忘れる必要なんてありませんわ。いつでも言ってくださいませ。それに……私も――」

あの逞《たくま》しい腕の中の感触や、淫《みだ》らに動く太い指、力強く揺すぶられる感覚は忘れられるものではない。

「だったら、抱かせてくれ。もう我慢の限界だ」

「……はい」

恥ずかしさは限界で、俯《うつむ》きながら頷く。

エルヴィラは首に抱きついたまま、ガレスによって近くの木陰に運ばれた。

「あ、ん――」

幹を背に置かれるとさっそく上から襲われた。

先ほどまでは遠慮してくれていたのに、もう迷った様子はなく、獣のよう。

熱くなった唇を押しつけられ、口を塞ぎ、手でドレスを乱していく。

胸元は大きく開き、ドレスの裾は捲《まく》り上げられてしまう。

「ん、んぅ……ん……はげし、い……」

それだけガレスのエルヴィラに対する欲求は溜まっていたのかもしれない。

妻失格だと思いながら、必死になって彼に身を任せた。

「あっ、んっ、あ、あぁ……」

露わになった肌の上を、ガレスの指が淫らに舞う。

その淫靡《いんび》な感覚に、びくっと身体を悶《もだ》えさせた。

――こんなところで……外で……淫らなことを……。

部屋の中とは違うことが、肌を撫でる風の感触でわかる。

甘い吐息が反響することなく、森へと溶けていく。

自らが誘ってしまったようなものだけれど、野外でしてしまうことに、罪悪感を覚え、それがまたエルヴィラの身体を敏感にさせた。

誰にも見られることはないとわかっているのに、羞恥心に震える。

「……ひゃっ、あっ！　ガレスっ、ああっ！」

口づけが止んだかと思うと、胸に熱いものを感じた。

見ると乳房へと彼がキスをしている。

しかも、口づけは淫らな舌を伴い始めて――。

「そんなところ……舐めては……だめっ……ああっ！」

すでにツンと興奮してしまった胸の赤い蕾《つぼみ》を、ガレスの舌がちょろちょろと刺激する。

思わず声が出てしまうほどに、淫らさが身体を駆け巡った。

「あ、んぅ……ぅんっ……あ、あっ……」

獣が獲物を食べるように、エルヴィラはガレスに襲われていた。

乳房を食べられるかのように、大きく口に含まれてしまっている。

しかも、舌の動きはいやらしさを増すばかり。

「あ、あ、あっ……だめっ……あ、んっ……」

キスされたところが熱せられ、濡れて、離れるとひんやりとしていく。

止まらない胸への愛撫に、エルヴィラは大きく身体を震わせた。

強ばっていた四肢からは力が抜け、刺激にだけ反応するようになる。

「ガレス……今日は……激しすぎます」

「言っただろう。初めて抱いた時から、お前の感触がずっと残っていた」

嬉しい言葉だけに、抵抗できなかった。

さらにガレスの唇は下へと動き、足を手にするとそこにもキスの雨を降らす。

「あっ……んっ……あっ……あっ……」

足を舐められたことなどなくて、思わずひくひくと震える。

そこがこんなにも敏感な場所とは思わなかった。

彼の唇の熱さは伝わってくるし、淫らな気持ちがゾクゾクと背中を駆ける。

「この足も腕も、胸も、すべてが好みだ」

——嬉しい……。

愛でるように、ゆっくりと順番にガレスがキスしてくれる。

そして、それは次第にドレスの中へと向かってきた。

「えっ、あっ、そんなとこ……だめですわっ！　だめっ！」

唇が腿《もも》から秘部へと動き始めた時、さすがにエルヴィラは抵抗の声を上げた。

そんなところまでキスされてしまうのかと思うと、恥ずかしくて無理。

けれど、野獣になったガレスは止めようとしなかった。

エルヴィラの腰から、さっと下着を剝いだ。慌てて、脚を閉じようとするも、彼にこじ開けられてしまう。

「あぁ……だめ……あっ！　ああっ！」

彼の顔が下肢へと押しつけられ、本当に秘部へとキスされてしまった。

ぞくぞくっと、先ほどと比べものにならない淫靡な気持ちが駆け巡る。ガレスは、ドレスの中へ潜り込むようにして、愛撫していた。

――外で……しかも……そんなところに、口をつけられてしまうなんて。

もうエルヴィラにも、抵抗はできなかった。

彼の唇は秘部を刺激するように上下へ動く。

「ひゃっ！　あっ……ああっ！　あっ！」

静まり返った森の中に、エルヴィラの卑猥《ひわい》な声が響く。

刺激が強すぎて、直接的すぎて、声にして逃がさないといけなくなっていた。

しかし、ガレスはさらに淫らなことを始めてしまう。

「あっ、あっ、あっ……舌が……んんっ、あっ！」

ざらりとした感触がエルヴィラの秘裂に走る。

唇を押しつけるだけでなく、ガレスが舌を動かし始めたからだった。

「……あっ、んっ、あっ、あっ！」

生き物のように蠢《うごめ》く舌の刺激に、エルヴィラは腰を震わせた。

膣《ちつ》の入り口を執拗に刺激され、愛液がつーっと奥から流れ始めたのがわかる。

白い肌が上気して薄赤色になり、呼吸は荒く、甘くなってしまった。

——身体が……ガレスを……求めてる……。

身体の芯が疼《うず》きだし、彼と繋《つな》がることを求めてしまっていることに気づいた。

発情したのはガレスだけでなく、エルヴィラもだ。

彼に抱かれたい、繋がりたいという欲求はずっとあった。

「ん、あぁ、んっ、んんっ……あっ！　あっ！」

快感の渦を、必死に耐えているとガレスが舌の動きを膣口から上へとずらした。

そこには最も敏感な花芯があって、当然そこを攻められる。

エルヴィラは大きな嬌声《きょうせい》を上げずにいられなかった。

彼は舌と唇で、包皮を剝《む》くと、淫芽を摘まれる。

「あっ、だめっ……ほんとに……だめっ……あああっ！」

一瞬のことだったけれど、それだけでエルヴィラは軽く達してしまった。

ガレスの顔の前で、びくんと大きく腰を震わせる。

どうしようもないほどの刺激だった。

「少し強すぎた。だが、もっと聞きたい。お前の感じた時の声を」

「えっ、あっ、少し休ませて……あ、ああっ！」

今日のガレスは優しさよりも激しさが勝っていて……。

花芯を舌で攻め続けた。

舐めるように嬲《なぶ》るように触られ、唇で挟み、引っ張られる。

「ひゃ、あ、あっ！　あっ！」

また、我慢できずに達してしまう。

すでに頭の中はぼんやりとしてきてしまっている。

「ガレス……最後は……貴方と繋がって……させて」

エルヴィラが自分に許す精一杯の言葉で、お願いする。

「あぁ、今抱く」

頷くとガレスはエルヴィラの身体を抱き締め、引き寄せた。

腰を下ろし、向かい合って抱き合うような恰好になってしまう。安定を失ったエルヴィラは、彼にしがみついた。

無意識に腕は彼の背中に、脚も彼の腰に巻き付けてしまう。

「あっ！　あっ！」

肉杭が下から秘部へと当てられた。

それはやはりとても熱く、固く、興奮してびくびくと震えているのがわかる。

――またあの大きなものが……私の中に……入ってくる……！

ガレスの逞しい腕がエルヴィラの腰に回されて、ぐいっと引き寄せられた。

「んんんっ……あ、あ、ああっ！」

秘裂は散々、愛撫され、舐められたので愛液が潤滑油の役目を充分に果たしている。それでも、体格差もあって、ガレスの逞しいものはすんなりとは入らない。

引き寄せ、押しつけられ、ゆっくりとエルヴィラの中へと入ってくる。

ずぶずぶと刺されるかのような感覚に、大きな嬌声を上げた。

「は、あぁ……あ……ああ……」

ある程度入ったところで、挿入は止まり、呼吸を整える。

中にいる彼の一部はぴったりと密着し、互いに締め付け、押し広げようとしているかのよう。

それでも一度目に比べたら楽で、痛みはほぼなかった。戸惑いや、初めての恐れもなく、以前よりもはっきりと彼を感じられる。

――あぁ……ガレスが……私の中に……。

どくんどくんと鼓動を強く感じる。

自分とは別の鼓動が感じられるのは、とても不思議な気分。

互いに生きていると伝え合っているかのよう。

――そうだわ。生を強く感じるから、こんなにも安心できるのですわ。

彼の背中に回した手をぎゅっと締め付けてみる。

この世界に転生してきたエルヴィラは、本当はこれが夢ではなかったのか、不安だった。最近ではかなり薄れていたものの、それは奥底に沈んだだけ。

けれど、今は自分が生きていると実感していた。

ガレスの鼓動がそれを教えてくれる。この世界に間違いなく、いるのだと。

そして、最も近くにいるのもまた彼だと。

涙が出るほどに嬉しくなる。でも、それをガレスに見られると、どうしたのかと心配させてしまいそうで、必死に堪えた。

「はぁっ……あっ……あぁ……」

やがて、彼はゆっくりと腰を動かし始めた。

エルヴィラの身体を揺するようにして、腰を擦り合わせる。密着して、すでに隙間などないので、互いのものは擦れ合い、快感という火花を散らしていく。

――あぁぁ、今日はだめ……とても感じてしまうわ。

二度目で余裕があるから？　そんなことない、余裕なんてない。

彼を好きだから？　それは最初の時も同じだった。

ぼーっとしてきた頭の中で、一人考えては一人否定する。

――きっと心が身体に追いついたから。

一つとなって、ガレスと愛し合っている。

気持ちがついてくるだけで、身体はさらに感じるようになってしまったけれど。

「ん、あ、あっ……ああっ！　あっ！」

――深い……深いところまで……触れてる……。

もともと、腰をつき合わせるようにしている恰好なので、肉杭はエルヴィラの深いところまで届いていた。

彼の先端が奥に触れて、ぐりぐりと擦りつけられる。

そうされるとびくびくするぐらいに、鋭い刺激が伝わってきた。

——気持ち……いい……気持ちよくなってしまう……。

今のエルヴィラはそれをはしたないこと、とは思わなかった。

ガレスは夫であって、好きな人で、その人と繋がってお互いを感じ合うことが、恥ずべきことだとは思わない。

もちろん、恥ずかしくはあるのだけれど。

「は、あっ、あっ……んぅんっ！　あっ！　ああっ！」

ガレスの腰が肉杭をぐりぐりと擦り回すものから、突き上げるものに変わる。エルヴィラの腰も持ち上げ、上下に振られる。

一番奥に突き刺さるたびに、淫らな声が出てしまった。

「んあっ、あっ、んっ……あんっ、あっ！」

——これ……すごい、わ……ガレスを……強く感じる……。

好きだと言うかのように、肉杭が何度もノックしてきて、エルヴィラは喜びを感じ、代わりに締め付けた。

自分の中にある彼の熱と鼓動、それが一つとなって溶け合っていくかのよう。

二人の境界線がなくなっていく。

繋がるということの意味をエルヴィラは知った。

――あ、あっ……ああっ……だめっ……我慢できなくなる！

もっとしていたい。彼をもっと感じていたい。

なのに、身体の奥からは強い衝動が込み上げてきて、終わりが近いことを告げていた。それをエルヴィラは必死に抑え込もうとするけれど、あと少しなのは変わらなかった。

「あっ！　あぁ！　ああっ！　ガレス……好き、です」

頭が真っ白になってしまう前に伝えたくなって、エルヴィラは口にした。

「エルヴィラ……俺も好きだ！」

「ん、んん――」

すぐにガレスからも同じ答えが返ってきて、それだけでなく、キスされた。

唇を求め合うような激しく、淫らな口づけ。

上下で互いが強く繋がっていた。

――触れられる部分はすべて触れて、一つになりたい。

その欲求が込み上げてきて、身体を抱き合い、重ねる。

「あ、あ、あ……んんんんっ！」

一際強く突き上げられた時、ついにエルヴィラの衝動は決壊した。

強い痺れで腰が震え、無意識に彼の身体、肉棒、すべてを強く抱き締める。

すべてが塗り替えられ、真っ白になっていく。

ガレスもその時、精を放ったのがわかった。温かなものが、密着していた二人のさらに間を埋めていく。それは幸せな感触だった。

「あ、あ、あ……あぁぁ……」

一度目よりも深く、長く、エルヴィラは絶頂に達した。

全身が痺れたまま、余韻に突入する。

終わってもなお、二人はしばらく繋がり、木陰で抱き合ったままだった。

リングフォードの特産品を思いついたエルヴィラは、それから自ら先頭に立って、精力的に動いた。

材料の選定、型のデザイン・鋳造、試作品作りまではかなり順調に進んだ。

難しかったのはその後、量産体制を整えることにあった。

小豆を作ってもらえる人、売ってもらえる人を探し、時には説得するのにはかなり苦労したし、それから餡から皮まで作り方を一通り教えることも大変。

しかし、ガレスの助力もあって何とかエルヴィラはやり遂げ、思いついてから一ヶ月、ついにタムワズの街での〝たい焼き〟のテスト販売にたどり着くことができた。

「早く、早く、ガレス！」

「落ち着け、エルヴィラ。たい焼きは逃げない」

馬車から先に降りると、彼の腕を引っ張る。

今日は朝からそわそわして落ち着かなかった。

事前に、試作品を食べた人からは良い反応をもらっている。しかし、苦労して推し進めたことが、実際に手が離れる瞬間は特別だった。

「ドロレスさーん！」

まっさきにたい焼きの販売に名乗り出てくれたドロレスの酒場へ向かう。

いつもは閉じている酒場の扉を開け放ち、きちんと道沿いにテーブルを出して、たい焼きの初販売を盛り上げてくれていた。

「来たね、エヴィ」

「あわわっ！　ドロレスさん、今、私はエルヴィラです、お願いしますわ」

ガレスがいるのに、女将がいきなり町娘の名前で呼ぶので慌てて誤魔化す。

「そんなこと、とっくに……ふぅ、わかったよ。これはこれはリングフォード夫人」

さすが客商売のプロ、ため息をついて切り替えると、きちんと接客してくれる。

――よかった、ガレスにはバレてませんわ。

「今日初めて販売するたい焼きですが、お一ついかがですか？」

ドロレスの言葉に、感動しながら頷く。

「いや、せっかくだから二つもらおう」

「ガレス、一つでいいんです。ここは一つですわ」

エルヴィラの少し後ろで見ていたガレスが注文したのを、エルヴィラは訂正する。

不思議そうにしながらも、ドロレスが新しいたい焼きを一つ作って渡してくれた。

――――うん、完璧ですわ。

彼女の作ったたい焼きは、エルヴィラが作ったものとほとんど差異がなかった。

見事な、釣り上げられた時のような飛び跳ねる魚の形のお菓子。

本当はもう少し大人しい魚の形だけれど、何だか前世のたい焼きと丸々同じにするのは考えた人に申し訳ない気がして、躍動感あふれるデザインにしてみた。

「たい焼きは、こうするのですわ」

お腹の部分、ちょうど真ん中を二つに割ると、頭のほうをガレスに渡す。

こうするのが仲良しっぽい。

「へぇ、確かに分けて食べるのはありだね」

「そんなものか？」

見ていたドロレスが頷くもガレスにはわからないらしい。

「うん……温かいのがいいな。甘みが増すというか」

味のほうは気に入ってくれたようだ。口元が微かに緩むのを見逃さない。

「よかった。じゃあ私も」

たい焼きの尻尾のほうをぱくっと口に含んだ。

――――あれ？　これ、もしかして……。

食べて見て、確認する。

「ドロレスさん、申し訳ありませんが、次の方には、これ作り直しですわ！」

「えっ？　どこか作り方を間違ったかい？」

尋ねた女将に、エルヴィラは自分の食べかけの尻尾を突き出してしっかり見せた。

「端まで餡子が入っていません！　絶対にだめです！　これは偽たい焼きですわ！」

たい焼きは、餡子が尻尾まで入っていないとだめ。

これだけは前世から譲れない。

端まで餡子を入れることは、しっかり教えたはずなのに。

「い、いやぁ……材料費が少し浮いて、その分他より安くできるかなぁと思ってね。まさか半分にして二人で食べるとも思わなくってさあ」

さすが酒場を一人で切り盛りする女将、その商売根性は逞しかった。

「尻尾から食べた人は、一口目に餡子にたどり着かず、皮だけを食べることになるんですよ。そんな残念な気持ちにさせたいですか？」

「ははっ、悪かったよ。次からはきちんと作るから許しておくれ」

ドロレスが平謝りし、後ろでガレスが苦笑いする。

「い、いいえ、少し熱くなりすぎてしまいました。こちらこそ、販売、お願いします」

「ああ、任せてくれよ。バンバン売って、儲《もう》けまくってやるさ」

エルヴィラの予定に、抜き打ちのあんこぎっしりチェックという項目が追加されたわけだけれど……こうして、リングフォードの特産品たい焼きの販売は無事開始された。


後日、ガレスの視察に同行したエルヴィラがタムワズの街に行くと、心なしか人が多いことに気づいた。

――何かあったのかしら？

顔を見合わせて、遠巻きに様子を窺《うかが》う。理由はすぐにわかった。

「たい焼きください！」

「こっちにもたい焼きお願い」

「たい焼きを売っているというのは、ここかね？」

「たい焼き、売り切れてないよな？」

老若男女がたい焼きと口にしていた。

――もしかして、もう人気になったの⁉

まだ販売を初めてから一週間も経っていない。

「はい、はい、待っとくれ。順番にね、今から焼くから」

ドロレスは手慣れた様子で生地を熱せられた型に流し込み、あんこを真ん中にたっぷり入れていく。

それらを買いに来た人達が、興味深そうにじっと見ていた。特に子供は魅せられたかのようにじっとたい焼きの様子を見つめている。

やがて、生地の焼ける良い匂いがふわっと広がり、皆の頬が緩んだ。

「できあがり！　熱いからゆっくり食べるんだよ」

完成したたい焼きは、次々見ていた人に行き渡り、飛ぶように売れていく。

「はい、今日の分はこれでお終《しま》いだよ。あれ、どうしようかね？」

困ったようなドロレスの声。

どうやら、最後の客は子供二人で、たい焼きは一つしか残っていないみたい。

「いいんです、こうするので」

礼儀正しい男の子は頭を下げてたい焼きを受け取ると、それをお腹から二つに割った。

一つを隣の女の子に手渡す。

「半分こ、美味しいね」

「うん」

一口食べると、少し照れながら、子供は嬉しそうに頷き合う。

そんな光景をこっそり路地からエルヴィラとガレスは見ていた。

「順調のようだな」

「ええ、大成功ですわ。きっと領地中、いいえ、国中できっと話題になります！」

子供達のように、ガレス達もお互いの顔を見て、微笑む。

エルヴィラの言葉通り、たい焼きは瞬く間にリングフォードの街々に広がっていった。

【第六章】新婚生活、晴れてオシドリ夫婦となりました～宿屋で甘いお仕置き～

リングフォードに来てから、お披露目や、特産品を考えることでずっと忙しかったけれど、たい焼きを完成させてからは、特に急ぐような用事のない、久々に穏やかな日々が訪れていた。

――久々どころではなく、初めてかもしれないわ。

私室で、窓から入ってくる午後の爽やかな風を味わっていたエルヴィラは思った。

悪役令嬢として転生してからは、破滅を回避しようと必死に考え、準備し、駆け回っていた。

もっと遡れば前世も、習い事や勉強などで忙しく過ごしていたと思う。

たまの休日ぐらいはあったかもしれないけれど、何もせずに、こうしてぼんやりと過ごしたことなど記憶になかった。

「違います……わ、ガレスがいるからですわ」

何もせずにいられるのは、心穏やかにいられるからだと気づく。

それを与えてくれているのは、間違いなくガレスの存在だ。平和な、何もない日々の中にも、新しい発見があるのだと思った。

「奥様、失礼します。お手紙が参りました」

「ありがとう」

セルマが入ってきて、一通の手紙を渡してくれた。

盆の上に置かれた手紙とペーパーナイフを受け取ると、中身を確認する。

「やったわ」

手紙にさっと目を通したエルヴィラは、穏やかに、けれど喜びに満ちた声で呟《つぶや》いた。

差出人は、ガレスに雇ってもらった調査員。

内容はたい焼きの人気と、領地内の商人・旅行客の調査結果だった。

まず、タムワズでたい焼きが順調に販売数を伸ばしたことを確認すると、エルヴィラは領地内の他の街の飲食店にも販売してもらえるように、型の設計図とレシピを無料で公開した。

効果と評判を知る必要があると思ったエルヴィラはガレスに相談したところ、調査員を雇い、調べることになったのだ。

手紙には、明らかに外から領地内に入ってくる人の数が増え、たい焼きの販売数も急激に伸びていることが書かれていた。

さらに嬉しかったのは、王都の住民や貴族の間でも、たい焼きが話題になっていること。

同時にガレスが新たに行った減税や小豆の生産奨励などの施策効果もあり、このまま何もなければ、リングフォードは以前よりもずっと豊かになっていくだろう。

嬉しい半分、ホッとした気持ちだった。

「そうだ、ガレスに教えてあげないと」

きっと、一緒に喜んでくれるはずだろう。

さっそく手紙を持って、エルヴィラは私室を出ると彼の元に向かった。

――――ガレスは……。

午後一の鍛錬はすでに終わった時間のはず、だとすれば彼がいるのは。

――――図書室ですわ！

城の階段を下ると、食堂の隣にある図書室に向かう。

エルヴィラはガレスの日課を把握していた。彼は朝、昼、夕と日に三回鍛錬をして、領地の書類は、ほぼ午前中に済ませる。来客がなければ、午後は図書室で過ごす。

意外なこと、と言ってしまうと失礼だけれど、ガレスは本が好きだった。

たまに二人して、図書室で本を読むこともある。

「ガレス、いいかしら？」

図書室の扉は開け放たれていたけれど、一応扉をノックして、声をかける。返事はなかったけれど、窓際のソファに腰掛けている大きな後ろ姿が見えた。

「見て、調査の結果が来たわ。大成功みた……」

彼の正面に回り込んだところで、エルヴィラは彼が目を瞑《つむ》っていることに気づいた。

――――こんなに気持ちいい、日ですものね。

大きな窓がある図書室は、優しい風が入り、ぽかぽかと心地よい。

ガレスは身体を動かした後だったので、この部屋の心地よさで、睡魔に襲われてしまったのだろう。

何とも、穏やかな風景だった。

「そういえば……」

——ガレスの眠っているところを見たことないかもしれないわ。

記憶をたぐり寄せても、彼の寝顔はなかった。

——一緒に眠る時は……激しくされた後だから……先に疲れてしまうし……。

ベッドでのことを思い出して、一人赤くなる。

「そうだわ！　この機会にじっくり見ておきましょう」

眠っているガレスに顔を近づける。

もともと感情を顔に大きく表す性格ではないので、眠っているというよりは目を瞑っている感じ。

けれど、エルヴィラには穏やかな顔に見える。

一応確かめたけれど、ゆっくりと呼吸しているし、心臓も止まっていない。

少し頬に指で触れてみたけれど、反応なし。

——キスしてみたら、起きるかしら？

お姫様に王子様がキスをするほうが自然だけれど……。

「あぶないわ！　これはきっと罠《わな》ね」

危うく眠っているガレスにキスするところだった。

きっとエルヴィラが唇を近づけると、お約束的に彼は起きていたか、ちょうど起きたかのどちらかに違いない。

――――無駄に、悪役令嬢をやっていないわ！

偶然という名の罠を、地味に何百と回避してきたのだから。

結局、自力では回避できなかったものは多々ありますが……。

「本当に眠っているのかしら？」

エルヴィラはそこを怪しく思い始めた。

――――キス以外なら……。

まずは手紙を机に置いて、ガレスの隣に腰掛ける。

腕に抱きついてみた。相変わらず太くて、大きい。

手のひらも指も大きくて、これで撫でられると、どの部位もすっぽりと入ってしまってとても気持ちいい。

もし、ちょうど起きるならこれで起きるはず、と思っての行動だけれど、反応なし。

――――決して、くっつきたくなったわけではありませんわ。

自分に言い聞かせて、次に彼の胸へ顔をくっつけてみた。

「あぁぁ……何だか、いいですわ」

鍛えられた胸は、呼吸に合わせてゆっくりと上下していた。

とくん、とくんと穏やかに聞こえてくる鼓動が安心する。

――ずっとこうしたくなってしまいますわ。

エルヴィラは誘惑に抗《あらが》おうとするも、瞼《まぶた》が重くなっていく。

他人の鼓動を聞いていると、眠くなってしまうらしい。しかも、二人がいる場所は日光が注ぐ、気持ちのよいソファの上。

――あぁ……少しだけ……だめだけれど……少しだけ……。

「すぅすぅ」

エルヴィラは横に座るガレスの胸に顔を押しつけたまま、すぅっと夢の世界に引き込まれてしまった。

…………。

「くしゅん」

次に目を開けたのは、窓から入ってくる花の香りを感じてくしゃみをした時だった。

眠る前と寸分違わぬ恰好で、つまりガレスの胸に頭を乗せたままだった。そして、違うことが一つ。

「起きてしまったか」

眠っていたと思われる彼が起きて、エルヴィラのことを見ていた。

「ガレス！　起きていたのですか！」

一瞬頭の中が真っ白になってしまい、一呼吸置いてから飛び退く。

ソファの上で背筋を伸ばす。眠っている顔を見られてしまったのだとわかり、恥ずかしさで頬が熱くなった。

「少し前だ。心地よい感触がすると思ったら、いつの間にかお前がいた」

「お、お、起きたなら、私も起こしてください！」

「いや、お前も俺をそのままにしただろう？」

返す言葉もなかった。

寝顔に関しても、お互い様。恥ずかしさがなくなるわけではないけれど。

「調査の件、上手くいったのだな？」

「手紙、見たのですか？」

不思議に思った。見ると手紙はエルヴィラが置いた机の上のまま。

幾らガレスでも手が届く場所ではない。

「見なくてもわかる。お前の穏やかな眠り顔を見ればな」

「そ、そのことは言わなくていいです！　恥ずかしいのでだめですわ！」

ともかく、ガレスに調査の結果を伝えようとして、ついつい隣で眠ってしまったことまで、すべてわかっているようだった。

「明らかに良い結果が出ているとのことですわ。もちろん、たい焼きだけの効果ではありませんが」

気を取り直して、やっといつもの調子で報告する。

「よくやったな。お前の手柄だ」

「そんなことありませんわ。貴方のお力もあって……あっ」

頭を撫でられる。

温かく、大きなこの手にエルヴィラはどうも弱い。

猫のように喉を鳴らしてしまいそうなほど、気持ちよくなってしまう。

「今日は出かけなくて良いのか？」

不意にガレスが尋ねてきた。

二人でずっとこうしていられるか、という意味なのかもしれない。

「ええ、明日は街に行こうと思いますけれど……今日は一緒ですわ」

エルヴィラは正直に答えた。

酒場で働いている件をガレスは知らないはずなので、たい焼きの品質検査に行くと思っているはず。

「ならば、今日はしばらくこうしていよう。俺も明日行く」

――どこかへお出かけ？

何となく、このガレスの発言をエルヴィラは自分の予定に合わせてくれるのかな、ぐらいに思っていた。

――普通ならどこへ行くのか気になるところかもしれないけれど。

彼に限って、愛人がいたりなんて考えられないのできっとお仕事だろう。

その日、二人は夕食まで図書館でくっついて過ごし、穏やかな一日を満喫した。


翌日、エルヴィラは町娘エヴィとして、タムワズの酒場で働いていた。

掃除を終え、夕方前、ぽつぽつと来始めた客の対応をしていた。扉が開いたら「いらっしゃいませ」とお辞儀して、席に案内し、注文を取って、料理を運ぶ。

たまに一緒に飲めと言ったり、お尻を触ろうとしてくる客がいたけれど、大抵女将のドロレスがあしらってくれたし、エルヴィラ自身もあしらうことを身に付けた。

今では常連客とも馴染《なじ》みになって、怖いことはほとんどない。

それでもごく稀《まれ》に、態度の悪い客が来ることはあるのだけれど。

「いらっしゃいませ！」

――あっ！

扉の開くことを知らせる鈴の音が聞こえ、反射的に頭を下げる。

客の顔を見てあっと思ったのは、エルヴィラだけではなかった。店にいる誰もがその逞しい身体に気づいた。

「これはこれは領主様、今日もいらっしゃいませ」

「ああ、邪魔をする」

ドロレスが声をかけると、短く返して、カウンターに向かう。

ガレスはたまにこの店を訪れていた。いつもカウンターに座り、エールを一杯だけ飲んで、あとはエルヴィラが帰るまではだいたい店にいる。

最初の頃は家まで送ろうとしてくれたけれど、何を話せば正体がばれずにすむのか毎度困ってしまうので丁重にお断りした。

「領主様、いつもお世話になっております」

「おかげさまで、こうして酒場で金を気にせずに飲めるようになりましたよ」

「ほんと、最近はどこも景気がよくて」

「ウチの店も大分儲かるようになったよ、領主様」

ガレスが座ると、店にいた客が次々に彼に感謝の言葉を投げかける。

その様子を見て、エルヴィラは安堵《あんど》した。

一時は悪妻を嫁にもらったと、悪いことを言う人がいたけれど、今ではすっかり聞かなくなり、逆にとても慕われているみたい。

領地経営が上向いていることも、一役買ってくれたよう。

「俺のせいではない。皆が頑張ってくれているからだ。俺のほうこそ感謝する」

――――ガレスの誠実な人柄も大きいけれど。

「ほら、エヴィ、領主様がいい男だからって見とれてない。注文を取る！」

「そんなことないです。す、すみません！」

嬉しくて、手が止まってしまっていたらしい。

ドロレスに注意されて、慌ててエルヴィラはガレスに声をかけた。

「いつものもので宜しいでしょうか？」

「ああ、頼む」

エールと今日のおつまみをドロレスに伝える。

――そういえば、今日行くって言っていたの、酒場でしたのね。

昨日、図書室で話した時のガレスの言葉を思い出した。

エルヴィラがいないので、街の酒場に来たのだろう。

――あれ？　そういえば……私が働いている時、いつもガレスがいるような。

思い返してみると、ガレスは決まって夕方前に姿を見せた。

ここにいる時は、言葉遣いなどから、領主の妻エルヴィラから、商人の娘エヴィとして自分の中でスイッチを切り替えるようにしていたので、彼も一客としてしか意識していない。

そのせいか、常連という認識だけで、毎回来ていることに気づかなかった。

――えっ！　まさか！　そんなありえない。

エルヴィラは目を見開いた。

その可能性は考えながらも、まっさきに否定していた。けれど……。

――ガレスが毎日来るのって……。

「えっ……そんな……」

もしかして…………エヴィ目当て⁉

前にも自分目当ての客が来るようなことがあった。その時はドロレスさんが、出禁にしてくれたので事なきを得たのだけれど。

今度はそういうわけにいかない。

――ど、ど、どうしましょう？

ガレスがエヴィを好きだとしたら……。

――私以外はだめです！　愛人を認めるわけにいきません！

どうしても、ガレスが自分以外を愛するなんて、想像できないし、許せそうにない。

――けれど、エヴィも私で……黙っていた私がそもそも悪いし。

「告白される前に早く打ち明けないと……エルヴィラとエヴィのドロドロで、壮絶な略奪愛に発展して……大変なことになってしまいますわ。さすがに悪役令嬢でも、両方演じるのは無理ですわ。いっそのこと、一日交代でエヴィとエルヴィラを――」

完全に混乱していた。

――何を言っているの？　落ち着くのよ、エルヴィラ……あれ？　私は今は……。

「エヴィ！　ぶつぶつ言ってないで、これ、運んどくれ！」

「は、はい！　エヴィです！」

今はお仕事中だったことを思い出し、給仕に集中する。

ドロレスからジョッキと平たく切ったパンの横に小倉餡が乗っている皿を受け取り、ガレスの前へ運ぶ。

いつの間にこんなメニューを？　しかもこれってお酒のつまみになるのかしら？

「あっ、いらっしゃいませ！」

それから客の数が増えてきたので、エルヴィラは余計なことを考えず仕事に没頭する。忙しく動き回っている間に、酒場の席は埋まり、店内は客の話す会話で溢《あふ》れた。

仕事や家庭に関すること、どこの料理が美味しい、あそこに子供が生まれたなど、たわいもない話がほとんどだったけれど、気になる会話もあった。

「そういや、帝国に嫁いだアレシア王女どうしてるんだろうな」

「どうしてるって、普通に暮らしてるだろ？　皇太子妃として」

街の人らしき男性二人組が、アレシア王女について話している。エルヴィラは意識しなくても、二人の会話に耳を傾けていた。

「そういうことじゃないよ。やっぱ他国だとさ、陰湿な虐《いじ》めとかあるだろ？」

「あぁ、そういうことなら心配ない。この間、旅商人から聞いたんだが、皇太子に大事にしてもらっているらしいぜ」

――――よかった。アレシア王女は幸せなのですね。

話を聞いて、エルヴィラはふっと微笑んだ。

そして、自分がアレシア王女を恨んでいないことにふと気づいた。

彼女へのエルヴィラの嫌がらせや暗殺計画はすべて根拠のまったくない誤解で、それを王女が強く否定してくれればいいのにと思ったこともある。

嫁いだ翌日に、エルヴィラの幽閉が決まったことも、厄介ごとを簡単に片づけられてしまった気持ちになった。

けれど、今は穏やかな気持ちで純粋に彼女の幸せを喜べた。

これもガレスと一緒になったおかげかもしれない。

「……?」

ふとガレスを見ると、目がばっちり合ってしまって、さっと逸らした。

「まあ、アレシア王女の魅力があれば当然だね。よかっ――」

「待て！　話はまだ終わっていない」

男が話を締めようとしたところで、もう一人がそれを遮った。

「帝国内には俺達のアレシア王女をよく思っていないやつもいるらしい。ラウデンリート家のジョラムっていう貴族だが、そいつがアレシア皇太子妃は国へ帰れって騒いでるそうだ」

「なんだよ、それ」

男がエールの注がれたグラスをテーブルの上に、ドンと置く。

「まあ、皇太子も相手にしていないようだけれど……ひどい話だ」

「ほんとだよ」

エルヴィラも同じ気持ちだった。

覚悟を決めて、隣国に嫁いだ者に出ていけなんて許せない。

ついアレシア王女の会話に集中してしまって、仕事がおろそかになってしまっていたのがまずかった。

「おい！　お嬢ちゃん！」

「どうだい？　店が終わったら、俺につき合ってくれよ？」

エルヴィラが立っていた後ろに座る客に、さっとお尻を撫でられた。

「誰に、何をして、何をおっしゃっているのです？　身の程を知りなさい！」

酔って話しかけてきた客に、エヴィではなく、エルヴィラとして答えてしまった。しかも、誰もが恐れる悪役令嬢で培った、冷たく、突き刺さる視線つきで。

いつもならば、「今日は忙しいので、お断りします」と微笑を交えて、軽くあしらえたのに。

「なんだと？　小娘！　偉そうに、もう一回言ってみろ！」

男は自尊心を傷つけられ、逆上してしまった。

――どうしよう、ドロレスさんに助けを……。

手を伸ばし、男がエルヴィラを摑もうとする。

けれど、男の手が届く前に大きな身体がぬっと割って入った。守るようにエルヴィラをすっぽり背に隠す。

「やめろ。駄目に決まっているだろう！　誰だと思っている？」

「ガレス……」

安堵して無意識に彼の名前を呼んでしまった。

「えっ、あっ、領主様⁉　あっ、奥様⁉　し、失礼ましたー」

ガレスとエルヴィラを見比べると、そう叫び、女将にお金を渡して客は逃げていった。

――――こ、困りますわ。言い逃げなんて……。

「な、なにを言っているのでしょうね？　あーああ、私って、も、もしかしてっ？　領主様の奥様に似ているのですか？　そっくりさんは三人はいるって言いますしね」

エルヴィラは頬を引きつらせながら声を上げた。

「…………」

周りの皆がしーんとした空気になる。

ガレスが押し黙り、ドロレスが悲しいものでも見るような憐《あわれ》みの眼差し。

さっきのお客さん以外の席からは、じとーっとした目で見られた。

「えっ？　今、何か変なこと言いました、私？」

「さすがに、もう諦めろ……エルヴィラ」

ガレスがエルヴィラのほうへ振り向いて宣告した。

やれやれといった顔には、同情がまざっている。

「やっ、いやですわっ！　町娘と間違えるなんて、奥様に失礼ですよ」

「どう見ても間違っていないぞ、エルヴィラ」

「はい、なんでしょうか……ではなく、エヴィでございますわ」

反射的に返事をしてしまい、ツンとして誤魔化す。

「顔も、声も、話し方も、何一つ変化なく、俺の妻エルヴィラだ」

「そ、そんな………」

必死に隠し通そうとしても、もやは無意味であった……。

――何だか周りからも温かく見守る複数の視線を感じるのは気のせいでしょうか？

「あははは、もう諦めなよ。隠せていると思ってたのはあんたと酔っ払いだけさ！」

そこでドロレスが大きな声で笑いだした。堪《こら》えきれないといった様子で。

一斉に笑い声が起こる。

「えっ！　えっ⁉　え――！」

ドロレスを見て、お客さん達を見て、ガレスを見る。全員に頷かれた。

「皆さんも、気づいていたのですか⁉」

――そんなこと、ありえませんわ。

つまり、ガレスはエヴィがエルヴィラだと知っていたので、心配して酒場に通っていた？

認めたくないけれど、認めざるをえなかった。

ぽんとガレスがエルヴィラの肩に手を置く。

「あぁ、もう今日は店じまい。こんな楽しいっていうのに仕事なんてしてられないよ！　さあ、ここにいるみんなで飲むよ。店のおごりさ！」

「ええっ！　ドロレスさん⁉　仕事放棄なんて、そんなのだめです！」

動揺するエルヴィラの声は、幸運な客達の歓声でかき消された。

「演技が下手な令嬢に乾杯！」

「妻を溺愛の領主に乾杯！」

「ふとっぱらな俺らの女将に乾杯！」

皆がグラスを持つと、乾杯の言葉が次々と上がる。

「愛すべき我ら領主とその妻に乾杯！」

ドロレスの一際大きな声が店に響き、その日は遅くまで乾杯の音が鳴り止まなかった。


ベッドの上に座ったエルヴィラは、扉を開けて入ってきたガレスを出迎える。

「戸締まりは済みましたか？」

「ああ、すべて二度確認してきた。大丈夫だ」

広いとはいえない部屋に古い大きめのベッドが一つ。調度品は一つもなく、小さなテーブルと椅子が一組あるだけ。

ここはオルビー城ではなく、ドロレスの経営する酒場の二階、普段は宿屋として貸している一室だった。

今は客はおらず、宿屋兼酒場にいるのはエルヴィラとガレスだけ。

女将に任され、鍵を受け取っていた。

「ドロレスさん、大丈夫ですかね？」

「酒場の女将だ。飲み方は心得ているだろう」

ガレスがおもむろに上半身の服を脱ぎ捨てた。

慌てて、エルヴィラは横を向く。

――ドロレスさんが、あんなに酔っ払うなんて。

女将はよほど気分が良かったのか、グラスを次々空けていった。

気づいた時には足下がふらつくほどに。

危ないので、エルヴィラとガレスは酒場の片づけと戸締まりを名乗り出たのだけれど、それならば、ちょうど宿泊客は誰もいないから泊まっていきなさいと店の鍵を強引に渡される。

迷ったけれど、夜も大分遅くなってしまっていたので、ドロレスの言葉に甘えることにした。

客達もある程度手伝ってくれたので、片づけはすぐに済み、厳重に戸締まりをして、今に至る、というわけなのだけど……。

――ベッドは一つだし、何だか、意識してしまいますわ。

ということもあり、エルヴィラは未だに町娘エヴィの姿だった。

ドレスを脱ぎ捨てて、先にベッドの中へ潜り込んでいるという選択もあったけれど、その前にガレスに言わなくてはいけないこともある。

「どうした？　俺は床で眠っていいが？」

「そ、そんなことさせられません！　違います、貴方と一緒にベッドへ入るのが嫌なのではありません」

誤解しないようにそこは必死に否定した。

どちらかというと、ガレスの腕の中で一緒に眠るのは好きな方。

「実は貴方に言わなくてはいけないことがありまして」

覚悟して、エルヴィラはガレスと向き合った。

「何だ？　話してくれ」

ガレスも真剣な顔で聞いてくれる。

「ここで働いていたこと、黙っていてごめんなさい。しかも隠すようなことを」

言わなければいけなかったこと、それは隠し事に対する謝罪だった。

ばれてしまったとしても、きちんと自分の口から言う責任がある。

「なんだ、そんなことか。気にするな」

「そういうわけにはいきません！　夫である貴方に隠し事をするなんて、簡単には許されることではありません」

ガレスはあっさりと許してくれたのだけれど、エルヴィラは自分を許せなかった。

「隠し事といっても、最初から気づいていたことだぞ」

「気づかれたかどうかは関係ありません。どうか、私に罰を与えてくださいませ」

エルヴィラはガレスの前に膝をついて、懇願した。

お酒のせいかもしれない。身体が熱く、気持ちだけが走って、止まらない。

「お前が望むなら俺は与えよう」

そう言うと、ガレスはしばらく考え込んだ。

「ならば、今日は町娘として俺を喜ばす、というのはどうだ？」

「……わかりました。相応しい罰だと思います。エヴィとして、貴方に尽くします」

町娘を装っていたのだから、それで彼を喜ばすのは当然のように思えた。

「んっ、いや、今のは冗談だぞ？　今度デートにつき合うぐらいで充分……おいっ、聞いているのか？」

「こちらにきてください、ガレス様」

エルヴィラの中で、エヴィのスイッチが入った。

――私は、酒場に出入りするような、奔放な商人の娘。

ほろ酔いも、手伝った。

「あ、いや……わかった」

エヴィが手を引くと、ガレスは言う通りベッドへと移動した。

そこで仰向けになる。

エヴィは変装のボディスとスカートを自ら乱すと、その大きな身体に跨《また》がった。

「逞しい身体ですね、素敵です。好きです、ガレス様」

くすっと笑みを浮かべると、口づけした。

熱をもった唇を、押しつけるようにしてキスする。

ガレスもすぐに合わせてきたので、より密着度が増していく。

「は、ん……はぁぁ……」

淫らな吐息を吐いて、またすぐに唇を彼に押しつける。

それだけのことで、頬が上気するのがわかった。

――愛おしい。触れたい。もっとしたい。

素直で、淫猥な気持ちがわき上がってきて、膨れあがる。

エヴィとなったエルヴィラは、飽くことなく、ガレスの唇を奪った。

「う、ぐ……っ、なんだ、吸い寄せられる。魔性か……」

密着し、まざり、分け合う。

熱が伝わり、伝わってきて、一つになっていくのを感じた。

そして、全身が疼きだす。もっとその先を求めて。

自由奔放な町娘が、恋に身を焦がすかのように。

「あ、んぅ……んっ……キス……上手です……」

もともと、熱かった身体がさらに火照りだした。

ガレスが愛おしくて、欲しくて、たまらなくなる。

すると、彼が我慢できないかのように舌を出してきた。初めてだけれど、エヴィも真似るようにして、舌を絡めた。

赤いものがぬるりと合わさり、ざらりと触れる。

その感触は唇や指などと違って、淫らな行為を想像させた。

「あぁっ……キス……すごく……淫ら、です……」

ずっと押しつけ合うようにしていた彼の顔が少しだけ引かれる。

二人の唇の距離ができて、そこに絡み合う舌が現れた。とても卑猥に見えるし、密着する感じが興奮した。

――これもキスかしら？

呆然とし始めた頭の中で疑問に思う。

ただ唇を押しつけ合うのとは違うけれど、その延長線上のよう。

「んっ……あ、んっ……あ……」

見た目の卑猥さに、ゾクゾクと背中が震える。

膣の奥から蜜が流れ出したのを、エヴィは感じ取った。

――溢れてきてしまう。

全身が熱く、はっきりと奥底が疼いていた。

いつもは抑圧されてわからないふりをしている身体の変化にも、エヴィとなった今は気づいてしまう。

――欲しくなってる……ガレスの身体を……。

「あぁ……はぁ……あぁ……」

熱く、甘い息を吐いてしまう。

我慢できないほどに気持ちも身体も彼を求めていた。

「私が奉仕する立場なのに……気持ちよくなってしまいます……んぅ……」

吐息は甘く、とても熱い。

キスだけなのに、達してしまいそうなほどだ。

このままだと、気持ちも蜜も溢れてきてしまう。

――もっと気持ちよくなってもらわないといけないのに。これは罰なのだから。

エヴィはガレスを喜ばすことを考えた。

いつも彼が自分にしてくれるように……。

「ガレスの他の部分にも……キスしたいです……」

唇を離すと、つーっと二人の間を糸が引いた。

甘美な光景がよりエヴィを興奮させ、自ら身体を動かさせた。

「エルヴィラ……今のお前はいつもと違い、とても興奮する……いや、いつも興奮はしている
が、そのなんだ……う、ぐ……むっ」

ガレスが乱れたエヴィを見上げ、ごくりと唾を飲み込む。

自分の姿に欲情してくれていると思うと、支配欲が満たされていく。

「私はエヴィですよ……あむっ」

「お、おお……」

エヴィは唇から下へとキスを移動させた。

首筋をちゅっと吸って、そのまま彼の逞しい胸元に口づけの雨を振らせる。固いそこを唇だけでなく、舌でも刺激していく。

「ん、ちゅっ……あぁ、んぅ……」

ガレスは唇を触れさせると、度々身体を震わせる。

——気持ちいいのね。もっとしてあげたい。

自らの行為に興奮しながらも、エヴィは懸命に彼の肌を刺激した。

胸や首に何度も熱くなった唇を押しつける。

「エヴァ……いいぞ……」

ガレスの興奮した声が聞こえ、そちらを見た。

興奮した目で、淫らなキスを降らすエヴィの姿を見ている。

見られているとわかると余計に興奮が高まっていく。

——私の身体、こんなにも淫らだったなんて。

羞恥心を解放したエヴィは、キスをしながら興奮に震えていた。

今度は唇だけではなく、指も使ってガレスに触れる。

大きな腕、広い肩、太い首、引き締まった脚、それに逞しい腰。

どれも太くて、固くて……熱い。

「あ、あぁぁ……」

——特にここが……熱い……。

脚から腰へと触れていたエヴィの指に触れたのは、大きく隆起したガレスのものだった。すぐにそれが一番求めてしまっているものだとわかってしまう。

——もうこんなに大きく……。

指でやわやわと触ると、びくっと大きく震えた。

一度手を引っ込めると、もう一度指で包み込んでみる。

——脈打ってる。どくどくって。

そして、またびくんと震えた。

繋がりたいとエヴィへ訴えかけるように。

——私も……繋がりたい。

怒張した肉棒を感じたエヴィは、自らの下着を町娘のワンピースの中からはぎ取った。

今日は尽くすと決めたので、繋がる時も自分から。

「エヴィ……?」

「私がしますので、ガレス様はそのままで」

起き上がろうとする彼を手で止めると、エヴィは彼の肉棒に手を伸ばした。

——あっ！　火傷しそうなほど、熱い。こんなものが私の中に？

ズボンからそれを取り出して、直に触れた途端、その熱さに驚いて一度放してしまう。

けれど、自分からすると決めたので、再度そっと摑んだ。

——あぁぁ、手の中に……彼のものが……。

布越しではない感触に、エヴィは震えた。

先ほどよりもずっと鼓動や熱を感じるし、その硬さと大きさにも気づいてしまう。

今まで何度かそれが自分の中で暴れていたのだと痛感する。

――ガレスを……喜ばせるために……。

少し怖いけれど、エヴィは彼の腰の上に跨がった。

指で肉棒を支えるようにして、自らの膣口に押し当てた。

「あっ……！」

ぴたっと熱杭の先端が密着するのがわかる。

すでにそこは蜜で濡れていて、吸いつくかのように引かれ合っていた。それだけで、蜜はまた溢れだし、潤滑油となっていく。

「はぁ、はぁ……んっ……」

エヴィはゆっくり腰を下ろしていく。

硬さと熱さとがすぐに襲ってきた。

「あ、あ、あっ……ああっ……」

くちゅりと音を立てて、肉杭がエヴィの膣に入ってきた。

ずっと疼いて仕方なかった膣襞が、入ってきた肉棒をすぐに抱き締める。

――きつい……けど……たくさん、ガレス様を感じる！

彼の肉棒をしっかりと感じて、エヴィはびくっと身体を震わせた。

溶け合い一つになるかのように密着する快感に悶える。

――ん、あ、あぁ……奥まで……入ってくる！

身体はだんだんと下がり、ガレスの肉棒を飲み込んでいく。

腰と腰とが密着し、彼の大きな熱杭をすっぽりと隠してしまった。

――たくさん……彼で……たくさんになってる。

「あぁ……はぁ……あぁ……」

塞がれている息苦しさに、エヴィは喘いだ。

あまりに彼の肉棒は大きくて、自分は小さすぎる。

「はぁ、あぁ……んんん……」

とても苦しい。けれど、徐々に気持ちよくなっていく。

ガレスとの一体感が増していく。

ドクドクと脈打つ、彼の鼓動や熱が心地よい。

「無理するな」

「……大丈夫です」

心配するガレスの言葉にエヴィはすぐさま答えた。

確かに繋がりが強すぎて、身体が小さく痙攣《けいれん》し続けている。

けれど、それとは逆に強い欲求が生まれていた。

――もっと、もっと感じたい。

膨れあがる気持ちが身体を疼かせる。
エヴィは気持ちのままに……感じるまま、求めるままに、身体を動かし始めた。
「ん、あっ……あっ……ああっ！　あっ！」
腰を上下に振って、エヴィは自ら抽送する。
肉棒が激しく膣襞を擦り、引っ張って、強い快感と刺激を生んでいく。
――自分から動くと……たくさん……感じてしまう……ああっ！
いつもとは違う気持ちよさに、腰がびくっびくっと震える。
自ら腰を振っていること自体も、エヴィを強く興奮させた。
――えっ⁉　あっ……だめっ！
すぐにぐっと身体を緊張させたけれど遅かった。
今日は抑えが利かなくて、あっという間に快感に飲まれてしまう。
「あっ、あっ……ん、ん、ん……んんっ！」
いきなり軽く達してしまう。
腰がびくりと大きく震え、ぎゅっと膣を締め付けてしまった。
――だめ……自分ばかり気持ちよくなっては……。
赤く塗られていく思考の中で、エヴィはそれだけを思い、腰の動きを緩めなかった。
それどころか、もっと大きく上下へ動かす。
彼を喜ばせるため。淫らに身体を躍らせる。

「あ、ああっ……あぁぁ……たくさん……感じる……」

何度も痙攣させながら、エヴィはガレスの腰の上で動いた。

欲望のまま、求められるまま、敏感な場所をこれでもかと擦り合わせる。

「エヴィ、今日のお前には我慢なんてできない！」

興奮したガレスの声が聞こえてきた。

そして、下から肉棒を突き上げだす。

熱杭となったそれは強く膣奥に突き刺さった。

「あ、ああっ！　ん、あ、ん……ぁんっ！」

下から固く、太く、熱い肉杭に突き上げられるのは、まるで身体が貫かれたかのような感触だった。今度はエヴィ自身の腰は止まり、防戦一方になる。

さらに興奮で大きくなっていく肉棒が何度も膣奥を刺激した。

痺《しび》れるような刺激が腰を痙攣させる。

ずんずんと振動が身体の中から広がっていく。

――こんなの……初めて……だめ……すぐ我慢できなくなる。

ガレスの腰の動きは逞しく、エヴィを身体ごと押し上げ、跳ね上げるかのようだった。その分、膣奥と肉杭との衝突になって返ってくる。

もうすでに二人の息は荒く、うっすらと汗ばむほど、部屋は淫らな空気が籠もっていた。

――奉仕……ご奉仕しないと……。

ぼーっとした頭にその言葉が過ぎる。

エヴィは突き上げに淫らな声を上げながら、自分からも腰の動きを再開した。

「あ、あ、あっ……ああっ！　あっ！　あっ！」

今度は上下ではなく、前後に腰を振ってみた。

無意識のことだったけれど、それで刺激が倍増してしまう。

「ん、あんっ！　んんっ！　んっ！」

縦に動くガレスの肉棒と、前後にくねらせる膣がぶつかり合い、強烈な刺激と快感が二人の身体を襲った。

触れるたび、衝撃のように刺激で腰が痙攣してしまう。

しかもそれはまだ序章で……。

――ああぁっ……これ以上……まだ……強くなるの⁉

徐々にタイミングが合い始め、限界をしらないかのように刺激が強くなっていく。

「だめ……あぁ、だめ……こんなの……我慢できない……」

思わずエヴィは声を上げた。

もっとずっとガレスと繋がりたいのに、重ね合わせたいのに、愛し合いたいのに――限界が来てしまう。

「我慢しなくていい……気持ちよくなればいい」

ガレスの許しを得て、エヴィは快感を全身で受け入れた。

――あ、あぁぁ……すごい……気持ちいい……だめっ……終わっちゃう……。

全身がびくびくと震えて、止まらない。

「あああああっ！」

エヴィは背中を弓なりに沿わせ、大きな嬌声を上げながら、達した。

びくんびくんと大きく身体がガレスの上で舞う。

「……っ」

彼もほぼ同時に達していた。

腰を浮かせ、エヴィの膣奥深くに肉棒の先端をぶつけると、そこで精を放つ。

ドクドクと大量の白濁がエヴィの中へと注がれた。

温かさが身体の中を満たしていく。

――たくさん……出てる……あぁぁ……。

それだけ満足してくれたのだと思い、嬉しかった。

激しすぎる行為に、脱力してエヴィは繋がったままガレスの胸に倒れこむ。しっかりと彼は受け止めてくれた。

「ガレス……すごかった、です」

「それは俺の台詞だ。最高だったぞ」

彼の言葉がとても嬉しくて、最後にちゅっとその頬へキスをする。

けれど、それが限界で、疲れ切ったエヴィは彼の胸の中で眠りについた。

翌日、酔いもさめて目覚めたエルヴィラは、ベッドの中での自分の淫らな豹変をじわじわと思い出し、しばらくガレスの顔がまともに見られなかったのは言うまでもない。

【第七章】いつの間にかの極悪令嬢!? 平穏のために立ち上がりましょう

平和で、幸せです……。

エルヴィラがそう思う毎日は、記録的な連続となり、今もまだ更新され続けている。

愛する旦那様であるガレスと、誤解もすっかり溶けてよくしてくれる領民。

宿屋には、変装しなくても堂々と入れるようになった。

エルヴィラが街を歩いていても、皆が普通に話しかけてくれるようになったし、気さくに相談を持ちかけられたりもする。

そして、住み心地が素晴らしいオルビー城。

城砦はきっと過去に、その頃は攻防の機能性だけを求めてだったのかもしれないけれど……偶然にも、景観と調和を考えて建てられた。

それを今はガレスが温かみのある修繕と改築をして、このリングフォードを見守るように聳《そび》えている。

こんなにも住む場所が大切だと感じ、愛着を持ったことは今までなかった。

――彼と、暮らすお城だから……?

エルヴィラは微笑みながら、階段を上がっていく。

すぐにガレスの執務室が見えてきて、心が浮き立つ。

毎日会っているのに、今朝からは二度も顔を見ているのに、まだ、顔を見るまでの瞬間はわくわくする。声を聴くまでの瞬間もそわそわする。

最近では、昼食後に、連絡事項や、領地について話をする時間が設けてあった。

外出しながら話してもよかったけれど、すぐに二人きりの世界に入って脱線してしまうので、事務的な話は執務室でと、どちらが言い出すまでもなく自然に決まっていた。

エルヴィラは、はやる気持ちを抑えて、なるべく冷静にと顔を引き締め、扉を叩く。

コンコンという響きに、すぐにガレスの声が応える。

「入ってくれ」

「失礼しますわ、今日は何か面白いお手紙がありまして?」

するりと中へ入ると、ガレスは長机の上に三十通ほどの手紙を広げていた。

休暇を期に、領地のことに自ら積極的に取り組んでいるせいか、彼の仕事量は多い。

新しい機材について見積もり、農作地の区分けの更新、商店の誘致についての交渉。

また、ガレスに代わって、実地で騎士団を取りまとめている副官からは、細かい報告が来て指示をしている様子だし、部下からも近況報告の手紙が来るほどに人望は厚い。

その他に、最近では〝たい焼き〟についての問い合わせも、貴族から舞い込むようだ。

文面が、かなり遠回しに作り方を尋ねてくるものだったりして、直接見に来ればいいのにと、二人でよく話題にしている。

オルビー城に住む夫妻には、来客はまだない。妻を恐れて……。

しかし、時間をかければ、リングフォード領の人々のように、仲良くなれるかもしれない。

以前のエルヴィラであれば、どうせ会っても誤解されると、諦めて引きこもっていたが、今は、誰かお客様を迎えたくて仕方がない。

未だにエルヴィラの評判については、領地の外では以前と変わらない様子である。

でも、いつかは彼が胸を張れるような良妻の噂になりたいと願ってしまう。

「今日は、そんな手紙はないな」

「残念ですわ」

肩を落としたエルヴィラに、ガレスが未開封の封書を手渡してくる。

「だが、お前宛に、手紙が来ている」

「ええっ⁉」

エルヴィラは信じられない気持ちで、ガレスの手から手紙を受け取った。報告書ではなさそうだ。

――――誰かしら？

自慢はできないけれど、親しい友人はいないし、社交辞令で挨拶をくれる知人にも心当たりはない。

一瞬、両親からと頭をよぎるも、知っている彼らの字ではない。

上質な紙に、血のような色をした大きく派手な封蠟《ふうろう》にも見覚えはなかった。

封を開けなくても、おおよその人柄は滲《にじ》み出るもので、流れるような大きな筆跡は、自信に満ち溢れている。

「……ジョラム・ラウデンリート様？」

貴族だということはわかる。それも、かなり身分の高い――。

聞き覚えがあるような、ないような……。

首を傾げているエルヴィラへ、ガレスがペーパーナイフを渡してくる。

「部屋に戻って開けてもいいぞ」

「……？　ここではお仕事の邪魔でしょうか？」

「お前のプライベートだし、男からの手紙だ」

「はあ……男の人みたいですね」

むすっとした表情のガレスを見て、驚くも、すぐに理由にたどり着いた。

もしかして、もしかして、ですけれど！

「あのっ、誤解をされては困ります。知らない殿方ですわ」

「俺は別に妬《や》いてなど！　むむっ……このささくれ立つ謎の感情は、嫉妬だったか」

わだかまりは一瞬で溶けて、ほっとしているようなガレスの表情が愛しくなってしまう。

「ふふっ、やましいことなど一つもないのは、貴方が一番ご存じのはずです」

「ああ、大人げがなかった」

納得したように「そうか、嫉妬か」と頷いているガレス。

彼の新しい一面を見た気がして、エルヴィラは彼を宥《なだ》めるように寄り添った。

「いいえ、私のことを気にかけてくれて嬉しいですわ」

嫉妬していると思われていたことは過去にたくさんあったけれど、妬かれたのは初めてである。

エルヴィラは、ガレスの長机を拝借して、彼の前で封を開けた。

「一緒に読みましょう。楽しい内容だといいのですけれど」

折りたたまれている手紙は三枚と長かった。

何気ない気持ちで目を通した次の瞬間、エルヴィラは凍り付いた。


拝啓。リングフォード夫人。

僕は貴女の味方です。

隣国、クアーバル帝国の旧王家の血族、ラウデンリート伯爵家、ジョラムと名乗れば、知っているはずだよ。

僕は君に期待している。騎士団長を籠絡して自由を手に入れた、極悪令嬢。

ああ、褒めているんだよ。そんな素晴らしい君は、窮屈な暮らしで、さぞかし恨みを燻《くすぶ》らせていることだろう。

そこまで読んで、エルヴィラは盛大に叫んだ。

「悪役令嬢から、極悪令嬢に格上げされていますわっ！」

「気にするところは、そこか？　文面に怒れ」

手紙を目に、整った眉を吊り上げて呻《うな》っているガレスに指摘されてしまう。

「だ、だって……この手の誤解は、今まで飽きるほどありましたし。いっそ清々しく……あとは、何と表現したらいいのでしょう……私への認識が今は懐かしいと言いますか……」

「古い男だ」

「その通りですわ！」

ぴしゃりと言われて合点がいく。

「クアーバル帝国のラウデンリート伯爵家は半年前に代替わりをしたはずだ。退役した騎士ルディガーを雇い入れた家だから、俺も知っている」

「そうなんですの？　私は昔、舞踏会で放蕩息子《ほうとうむすこ》に泣かされたという話を聞きましたわ。会ったことはありませんけど、ラウデンリート伯爵家をその方が相続したのかしら？　あっ……こちらへ来てからも宿屋で噂を聞いたような――」

嫌な予感がして、エルヴィラは手紙の続きへ目をやった。

僕が君を解放してあげよう。

なぜかって？　それが、互いの理に適っているから。

迎えに行くから、君は騎士団長ガレスに武装をさせて、できれば部下も何人か色仕掛けで操り、合流してくれ。

君の鬱憤を晴らす場所は、クアーバル帝国にこそある。

今の帝国は正常ではない。

王族に敵国の血を入れること、それを大部分は喜び、真の愛国者たる一部の貴族を迫害している。

それらを壊す手伝いを君にして欲しい。

帝国が乱れた元凶はディナンド王国から嫁いできたアレシア王女だ。

君が敵視するあの女が皇太子妃になってから、貴族を束ねる任についている皇太子は、見違えるほど崇高で、潔癖になられた。

我らが手を取り、皇太子妃を消し去れば、元通りになるだろう。

貴族達は正しい秩序と愛国心を取り戻し、色香に惑わされている皇太子は目を覚まされる。

僕らの目的は同じ。復讐《ふくしゅう》したいだろう？　国に、アレシア王女に、帝国に。

極悪令嬢らしい、返事を待つ。


エルヴィラは、手紙を握りつぶすところだった。

「なんて勝手な言い分でしょう！」

「馬鹿息子らしい考えだな。アレシア王女が嫁いで、無能な貴族への締め付けが厳しくなったらしい。爵位を継いで私兵を手にして、気が大きくなったのだろう」

「そうですわ！　アレシア王女は、とても聡明なお方です。いい方向に国が動いているのに、彼女を害すなんて安直すぎます。絶対にお断りだわ」

一方的に周りから敵だと思われて、近づけなかったので、ほとんど話したことはなかったけれど、王女の人柄は知っている。

国の人々に慕われている通りの高潔なお方だ。

エルヴィラは、対立している悪役令嬢と傍目《はため》には思われていることを当然わかっていたけれど、こんなにも恨みがあると激しく誤解されているなんて！

――――それに……私にとってアレシア王女は……。

……長い目で見れば、彼女のライバルだと誤解されていたおかげで、ガレスの妻になれたのだ。

王とアレシア王女は、エルヴィラにとってキューピッドなのである。

恨みどころか、今は感謝の気持ちすらあった。

「ディナンド王国の王城と、クアーバル帝国の騎士団へ、反旗の意思なしの手紙を書く。ラウデンリート伯爵家の誘いも報告し、アレシア皇太子妃の、身の周りにも注意するようにと。一蹴する誘いとはいえ、根も葉もない噂が広まると厄介だ」

「ええ、お願いします。ただでさえ、私は誤解されやすいのですから、ガレスの迷惑には絶対になりたくありません。こんなことになって……ごめんなさい」

エルヴィラが王や帝国へ手紙を書いても、逆に怪しまれてしまう可能性がある――。

唇をぎゅっと閉じると、ガレスが前髪を撫でてきて、びっくりした。

「俺は、迷惑だなんて一度も思わない。むしろ、もっと頼れと言いたい」

「えっ……」

さらりと口にされて、おでこをつつかれる。

「あ、の……かなり、頼ってしまっているつもりですよ？」

「お前なら、我が儘《まま》を幾らでも叶えて、振り回されてやりたい」

とろけるような顔で言われてしまいました。

「ガレス。私、前々からずっと思っているのですが、貴方は、目とかご趣味とかが、残念なのでは……」

そんな旦那様が大好きなのですけれど！

惚気《のろけ》る思考になりかけて、エルヴィラは皺《しわ》になった手紙を思い出した。

「って、そんなことより、私はこのジョラム・ラウデンリートというお方に、しっかりお断りの手紙を書きますわ」

相手を刺激せず、しかも付け入る隙もなくきっぱりと――。

エルヴィラは二時間かけて真剣に手紙を書き、ガレスにも確認してもらい、ジョラムへ返事をした。

慎重に、火の粉を払ったつもりであった……。

三日後、エルヴィラはタムワズの街外れを歩いていた。

市が立つ日であったため、散歩がてら徒歩で大きな籠を持って出かけ、帰るところである。

「たくさん買いすぎてしまいましたわ……」

声をかけてくれる店と全部話し込んでいたら、あっという間に時間は過ぎ、あれもこれもと買ってしまった。

――――皆様、商売上手ですわ。

自分で持てる重さを判断して買い物をしたつもりだったのに、おまけの品をこれでもかというほどもらってしまい、籠はぎゅうぎゅう。

石煉瓦《れんが》でも入っているのかと思うぐらい重い。

「奥様、わたくしがお持ちしますので、諦めてお渡しください」

「そ、そうですよっ。その白魚のような肌に、万が一、擦り傷の一つでも作ったら！」

侍女二人が、口々に言うが、交流した気持ちのままに、この籠は自力で持って帰りたい。

しばらくの間は、一人で行動しないようにとガレスに言われたので、セルマとハリエットも同行している。

「いいんですの、最後まで自分で持ちます。買い物を終えたら、侍女にパスして涼しげな顔で歩く奥様なんて、変ですわ！」

「普通でございます。そもそも、領主のご夫人は街で籠を片手に買い物はしません、その時点で変でございます！　本来であれば、侍女にお使いに行かせますので」

「お気持ちはわかりますが、そんな細かいところを気にしても、エルヴィラ様の高貴な雰囲気の前では、手にどれだけ重いものを持っていても、いなくても、顔に目が行くので変わりませんよ」

セルマは正論であるが、ハリエットはさらっとひどいことを言っている気がする。

「では、せめてもう少しだけ……交代で持ちましょう。私は、あの柵のところまでですわ」

オルビー城の近くまで戻ってきたので、あと少し。

汗ばむほどの快晴であるが、風が吹いているので暑くはない。とても気持ちのいい気候で、リングフォード領は今日も輝いている。

濃い水色の雲一つない空には、見かけたことがない鳥が飛んでいた。

黄土色の羽を広げた五羽ほどの鳥が、オルビー城の城壁の上をくるくると飛んでいる。

「リングフォード領に遊びに来てくれたのかしら？　大歓迎ですのよ」

ふふっと笑って目を細めていると、城門から騎馬が飛び出してきた。遠目にも緋色の髪と体《たい》躯《く》で誰かわかる。

「ガレス？」

ただ事ではなさそうな様子に、立ち止まると、ガレスが操る馬は、すごい速さでこちらへ近づいてきて、エルヴィラの横でドガッと止まった。

「エルヴィラ！　すぐに見つかってよかった。一大事だ、二人で話す。来てくれ！」

「えっ……あっ！　はい、きゃっ⁉」

軽々と腕一本で馬上へと引き上げられてしまう。

「奥様、籠をお持ちします」

セルマが伸ばした手に、籠を託すと、ガレスがバランスをとるようにしてエルヴィラを馬の前へと横向きに抱きかかえる。

「セルマ、ハリエット、俺と妻は先に城へ戻る」

侍女二人の返事を待たずに、ガレスが馬を走らせていく。

急激な馬の振動がエルヴィラに伝わってきて、ぐんぐんと城が近くなる。

速い――――。

景色が置いていかれそうだった。

――一大事って、何が起こったのでしょう……？

「…………」

無言のまま、険しい顔で馬を操るガレスの体温は、いつもより熱く感じた。

――二人で話す、と……侍女すら置き去りにするのは、他に聞かれたくない話。

――ただごとではない気配がする。

前庭に馬を止めると、慌てて出てきた馬番に手綱を投げて渡し、ガレスはエルヴィラの手を引いて城内へ入った。

口を開かぬままに、執務室へ追い立てられる。

扉を閉めて、辺りに使用人の気配がないことを確認すると、ガレスがやっと口を開いた。

「クアーバル帝国への伝達は上手くいった。ジョラムの件は、薄々感づいていたが小者だと放置していたらしい。アレシア皇太子妃の警護を増やすという書面が届いた」

「まあ、よかったですわ！　帝国の方が注意して見ていてくださるなら、安心ですね」

気がかりであったことが一つ減って、胸が軽くなる。

だが、エルヴィラの気持ちとは違い、ガレスの顔は深刻なままだ。

「――そこまでは、今朝の話だ」

「他からも、連絡があったのですか？」

残すは、ディナンド王とクアーバル帝国のジョナスである。

「正確には、情報が届いた。騎士団の部下と、帝国騎士団の友人から鳥が来た」

「あっ、城壁に飛んでいた鳥……」

エルヴィラは見知らぬ鳥だと喜んでいたけれど、大事なメッセージを運んでいたのだ。

確かに、飛ばして伝えるほうが早い。

「ディナンド王国の王城では、すでにジョラム・ラウデンリートと手を組む噂を聞きつけ、俺達の今後の動向に警戒を強めるための兵の一団がすでに立ち、明日にはここ、リングフォードへ来る」

「ええっ！」

リングフォードへ来る――――！

この平穏な地に、兵士の一団が？

信じられない話であった。

「なっ、なぜですの⁉　貴方はすぐに報告をしてくださって、私はすぐにしっかりと手を組むことをお断りして……」

――身の潔白を示したのに。

蒼白《そうはく》になりながらも、エルヴィラは事態を頭の中で整理しようとした。

しかし、動揺して、思考が止まりかけてしまう。

「ジョラムに先手を打たれていた。ここへ手紙が来る前に、すでに、計画を触れ回って同志を募っていたんだ」

極悪令嬢と手を組んで、アレシア皇太子妃を廃し、皇太子の貴族への過度な干渉をやめてもらう――。

その時点で、不敬罪として捕らえて欲しかった。

過ぎたことを願っても、もう遅い。

「私は、手を組むことはお断りしました」

「ああ、完璧な手紙だった。俺も確認をした、付け込む隙もない内容だ。だが――」

ガレスが続けた。

「断られたことが、策に自信満々だったジョラムにとっては許せなかったようだ。結果、怒りの矛先がお前に向いた」

「わ、私に……？」

プライドの高そうな文面ではあった。しかし、間違ったことに協力はできない。

「ああ……奴はもう、アレシア皇太子妃のことはどうでもよくなったらしい。お前に落ち度はない。あの手の奴は、どう丁重に断っても、思い通りにならないことを否定とみなし、激しく憎む」

「彼は何と言っているのですか？」

「…………大陸全土の平和のために、極悪令嬢を捕らえるため、ここを攻める……と」

言いにくそうにガレスが口にする。

「えええっ⁉　意味がわかりませんわ。そもそも国を越えていますわよ！」

エルヴィラはここ、ディナンド王国のオルビー城に住んでいて、ジョラムはクアーバル帝国からやってくる。

立派な越権行為だ。戦争する気だと思われても仕方ない。

ディナンド王国の一団が来るだけでも大変なのに、ジョラムとその兵も攻めてくるなんて！

「ジョラムはディナンド王に、悪人捕縛のためだけに、国境を侵すことを通告した。決して、戦争ではない、だから見過ごせと――――」

無茶苦茶な言い分であったが、想像はできた。

ガレスは濁してくれているけれど、きっと声高に叫んでいたのだろう。

これより「極悪令嬢を捕縛する」と、悪人を捕まえてやるんだから、感謝しろと言わんばかりに……。

「……っ！」

――どうして、いつもこうなってしまうのだろう。

――いつも、いつも。

エルヴィラの視界が淀む。

美しい日差しが開け放たれたカーテンから入ってきているのに、その黄色を帯びた光が、突然にくすんで見えた。

「わ、私……捕まるんですの？」

「俺が決してさせない。安心しろ」

ガレスがエルヴィラの両肩に手をかけ、しっかりしろと言わんばかりに、目を合わせてくる。

でも、今は真っ直ぐなその琥珀《こはく》の瞳が眩しくて、まともに見ることができない……。

――私が見つめたら、くすませてしまうかもしれません。

睫毛《まつげ》を伏せて、エルヴィラは問いかけた。

「クアーバル帝国の方は、ジョラムを止めてくれたりしませんの？　ここへ届いた手紙が証拠になりませんか」

「帝国にとっては、小事すぎる。ジョラムを放置して自滅を待つつもりらしい。こちらへ現れて害を出したら、好きにしていいとも今朝の返事には書かれていた」

ガレスはすでに、エルヴィラが思いつくようなことは考えていたようだ。

「……ジョラムを追い返すなり、撃退すればいいんですのね」

穏やかではないことを口にしているのはわかる。

しかも、まだ信じられなくて、想像すら追いつかない。

ここが攻められるなんて、現実味がなくて……。

「ジョラムは俺の力で何とかできる。厄介なのは、ディナンド王、および兵士の誤解だ」

「えっ……そ、そうでした。ディナンド王国の兵団が先に到着するのでしたね。あら……でも、ジョラムが攻めてくるのに、なぜ来るのでしょう？　隣国に攻められることを知っているなら、助けに来てくれるのではありませんか？」

「ジョラムが来るから救援にきてくれるわけではない。王と兵団は、最初の噂通り、俺とお前が裏切ることを警戒している。だから、疑いで兵を出したんだ。ジョラムの捕縛発言が口実で、実は手を組むための合流ではないかと疑っている」

「なっ……‼」

エルヴィラは目を見開いた。

――なんということでしょう……。

「ジョラムは、数日以内に私兵を引き連れてここへ来るだろう。オルビー城はディナンド王国とクアーバル帝国の国境の城だ、下手を打てば、戦争に発展しかねない。懸念はそこにある、慎重に動かなくてはならない」

明日にはディナンド王国兵団。数日内にはジョラム。

時間が、ない…………。

「私、そんなつもりは、まったくないのに……」

事態が絡まり、八方塞がりであった。

ガレスは指摘しなかったけれど、エルヴィラの立場が成してしまった、複雑な構図。

ディナンド王国の者でありながら、国に嫌われ、隣国からは悪人だと手を組むことを誘われ、断ったら怒りを買い捕縛――――。

それを、守ってくれるはずのディナンド王国が疑い、警戒しながら、静観。

「――――」

よく、知っている感覚が、エルヴィラにまといついた。

蘇《よみがえ》った。あるいは、幸せすぎて忘れていただけかもしれない。

誤解が尽きない。

こんな美しく優しい土地にまで、悪役令嬢はついて回るのだ。

役に立ちたい、領地を盛り上げたいなどという前に、わかっていなければならないこと。

夫となった最愛の人を、素晴らしい領地の人々を、巻き込んでしまった。

「私、私……」

ああ、この感じ。

脱力に似た、抗えないと諦めながら生きていた気持ち。

遠くに置いてきて、もう忘れたかった日々。

やってもいない、思ってもみないことを、誤解されてばかりで……。

そんな日常を、幸せすぎて、忘れていただけのこと。

「ごめん……なさ……い、っ……！」

他に言葉が発せられない。

申し訳なさすぎて、ガレスとまともに向かい合うこともできなかった。

執務室から飛び出して、大小の階段を幾つもカンカンと登り、城壁へと上がる。

息苦しさを解放したかった。

広い、風が吹いた場所を身体が求めていた――。

「待て！　落ち着けエルヴィラ、まだどの兵も到着していない、何も見えない！」

ガレスの声がすぐ後ろをついてきた。

城壁への扉を開けると、伝書鳩《でんしょばと》の小屋から、白い鳩や、伝令の黄土色の羽を持つ鳥が、鳴き声を上げて何事かと飛び立つ。

バサッと響く羽の音と、舞う綿毛のような小さな羽根。

高い位置にある城壁は、激しい風がゴオッという音を立てて、吹き抜けていく。

それを全身で受けて、渦巻いていた難しい気持ちが、ほんの少し飛ばされた気がした。

落ち込んでいてはいけない……。

最小限に被害を食い止めて……。

「エルヴィラ！」

「………」

ガレスの声に、エルヴィラは振り返った。

すらすらと口からすべきことが零《こぼ》れだす。

「貴方や領民に迷惑をかけないためには、私がジョラムに大人しく捕まるか、ディナンド王の前に繋がれて動けないところを見せて誤解をどうにか――」

「違う！　そんなことはしなくていい！」

彼は本気で怒っていた。

「……？」

何に……？

エルヴィラのしでかしたことに、決まっている。

「ですが、私は……！」

「黙ってくれ！」

「⁉　――んっ、んんんぅ！」

乱暴にガレスに顎を引かれ、唇を塞がれた。

もう何も言わせないとばかりに――、
キスから逃れるすべはなかった、ガレスの反対の手が背中に巻き付き、彼の唇の高さまで身体が持ち上げられていたから。

「んっ、んん……離して……んっ、ガレ……ス……んん――――っ！」

じたばたと暴れても、背中を手で叩いても、ガレスはびくともしない。

熱い唇からは、無言の愛情が注がれていく。

エルヴィラへ力を注ぐように……。

気持ちが籠もったキスが苦しくて、胸がいっぱいになる。

もやもやと考えていたことが、何も考えられなくなっていく。

「ん……ぅ……」

喘《あえ》ぐように唇を離して息をすると、ガレスがやっとエルヴィラを城壁へ下ろした。

素早く、肩を押さえつけて、身を屈めて、瞳を合わせてくる。

逸らす間もなく、琥珀の真摯な瞳に射貫かれた。

「こっちを見ろ！　俺がいる‼　お前はもう一人じゃない」

「…………あっ……」

彼の瞳の中に、目を見開いたエルヴィラがいる。

――――私を、見て……いる、旦那様……。

ぱちぱちと瞬きをすると、ガレスの背後には青い空があり、城壁の花壇に植えてある花々が、見えた。

不意に、結婚してすぐに、この場所で彼と話したことを思い出す。

『お前が興味を持てることがあってよかった。花壇には感謝しよう』

『は、はぁ……』

しみじみと、城壁を見ていたガレスは、あの時、本当に花壇に感謝していたのだろう。

エルヴィラの緊張を解くきっかけができたことに。

『エルヴィラが植えた花を、いつでも見ることができるのは、究極の癒しだな』

『い……今は、貴方が植えた花ですわっ。これからは、二人で植えた花が合わさったものになりますけれど！』

今思えば、いつでも見ることができる――に、彼は感動していたのだろう。

ずっとエルヴィラを見守っていてくれたガレスは、無駄な言葉が少ない。

会いたい、話したい、の代わりに……彼なりに、堂々とエルヴィラを感じられて、いつでも迎えてくれる花々に希望を抱いたのだ。

『ああ、二人の花で彩られた城壁だな』

今、城壁は、ガレスが植えた花と、エルヴィラが植えた花が、調和して見事に咲いている。

まだ、やりかけの部分はあったけれど、これからも夫婦と共に、よりよく変化を続けることになる場所であった。

最初は、彼が植えた花……。
それから、エルヴィラが妻となって、試行錯誤しながら、風に強いものを選んだ花。
もう、もやがかかってはいない。鮮やかな色。
ぱっと明るくなった視界は、エルヴィラが手にしている、今の生活であった。
あっさりと、過去の負の感情に呑《の》まれそうになってしまっていたのだ。
それを、ガレスが気づかせてくれた。
「ガレス——私、どうかしていましたごめんなさい」
さっきまでとは違う、会話が成り立つ謝罪の言葉。
「気にするな、人は窮地に陥ると混乱する。当然のことだ」
戦場ではよくある……と、何でもないことのように励まされる。
彼がとても大きく見えた。
エルヴィラの心が、芯からぽかぽかする。
なぜ、もっと頼らなかったんだろう。
——私の強くて優しい旦那様。
「……おかげさまで、もう、正気ですわ。感謝します」
エルヴィラは、ふふっと口元を綻ばせた。
つられてガレスも微笑みかけてくれる。
——私まだ、何も抗っていない。

これでは、前と同じ、ただの諦め。

「守りたい人が、守りたいと言ってくれるのに、その声に耳を貸さないでいるなんて、ひどい考えでしたわ。反省いたします」

「ああ、もっと守らせてくれ」

今のままでは、一生何も変わらない。

この幸せと平穏を乱されることに抵抗し、精一杯あがく。

してみたこともないのに、無理だと決めつけるなんてどうかしている。

皆で、平穏に生きたい。

己も含めて、誰一人、欠けることなく……。

戦え、叫べ――――。

覚悟を決めると、強風が褒めてくれているように頬を撫でていく。

「私らしく戦うことにいたします。一緒に考えてくれますか？」

「当然だ」

負ける気がしない。

なんでしょう、この漲《みなぎ》ってくる力は……。

高ぶって、嬉しくて、抱きとめられたくて。

「ありがとう！　大好きですわ、旦那様」

「うおっ！」

エルヴィラは、ガレスの広い胸に、顔を埋めていた。

抱きとめてくれる腕は、最初は支えるように、やがて、ぎゅっと強くなる。

安堵に包まれながら、正気を取り戻したエルヴィラの頭の中は、めまぐるしく動きだす。

――――考え方を変えましょう。

強くて頼もしい騎士団長の旦那様がいる。

ディナンド王国の兵団の到着まで、まだ一日あって。

ジョラムも、数日間はまだ来ない。

「ふふっ……」

エルヴィラの形の良い唇が、深い笑みを作る。

悪役令嬢の噂から逃れられないのならば、極悪令嬢とまで呼ばれたエルヴィラにしかできない戦いが、きっと――――ある。


翌日、ディナンド王国の兵の一団が、八百人の規模で到着した。

彼らは街からやや離れた平原に陣を敷き、オルビー城を警戒する構えである。

隣国のジョラムは、来るならば西側にある国境の深い森に潜みながらだとガレスがあたりをつけていた。

ジョラムの私兵は、多くても元騎士のルディガーを含む五百人ほどという情報である。オルビー城のガレスの私兵は十名ほどで、戦闘経験はなく、ほとんどが雑用を兼ねた使用人である。

ガレスは、リングフォード領の他の人々へ、家の扉を固く閉ざすように指示をした。城に近いタムワズの住人、約三百名は、全員がオルビー城に、すでに入っている。巻き添えを食って怪我をして欲しくなかった。

この城にだけは、ジョラムを一歩も入らせない覚悟を、エルヴィラもガレスもしていた。

「俺がなんでこんな辺境へ来る役目を！　悪人が大人しく幽閉にならないから、こんなことになるんだ！」

「ええ、まったくそうでございますわね。ご苦労様ですわ」

ディナンド王国の兵の一団は、近衛兵であった。

灰色の髪をした目つきの悪い近衛兵隊長が、数名の部下を連れて、オルビー城を視察に来ているところ。

城内はぴりぴりとした雰囲気が漂っている。

くどくどと、嫌味を言われつつ、エルヴィラは微笑しながら懸命に耐えていた。

「悪びれもしない生意気顔だ！　どうせ悪事のことしか考えていないんだろう」

――――この人、会うなり「悪人」「悪びれもしない」「悪事」って三回も「悪」を使いましたわ。

心を痛める代わりに、面白く解釈をする方法で乗り切る。

「リングフォードふじんは、顔はこくても、やさしい、いい人なんだよー」

庭で遊んでいた街の子供が、いつの間にか近くに来ていて、近衛兵隊長に話しかける。

「なんだぁ？　子供にまで、言わせてんのか。坊や、家族を人質にして脅されてんのか？　もしくは、いくらもらったんだ？」

「タイヤキー！」

街の子供が走り去る。

「ほら、なんか知らんが買収だな！」

近衛兵隊長が勝ち誇ったようにワハハと笑う。

騎士団とは別の近衛兵隊。ガレスが休暇をもらってから、騎士団は遠征が多くなり、王城では近衛兵が幅を利かせているらしい。

一番誤解が多く、思い込みが強そうな人が来てしまった気がするけれど、ここは、とにかく、我慢。今は耐えましょう。

「さて、難しいお話はわかりませんわ」

エルヴィラは小首を傾げてみせた。

ついでに、キレる寸前といったガレスの鎧の上につけた外套《マント》を、軽くつまんで制す。

ことを荒立てないと、二人で決めたことだ。

――お話が通じない人に、無駄な否定はしません。特に今は急ぎですので。

これ幸いにと、思い込みだけで悪役令嬢をジョラムと一緒に葬られてはたまりませんから。近衛兵隊の方々には、邪魔をされないように、せめて大人しく静観していただかないと。

「本当に二心はないいんだろうな！　おかしな真似をしたら、ジョラムの私兵ごと、攻め込むからな」

……近衛兵隊長さん、今、唾が飛びましてよ？

心の中で注意してから、エルヴィラは、妖艶に唇を歪める。

「おかしな真似とは、なんですの？」

「決まっているだろう！　城門を開けて、ジョラムを迎え入れたりだ」

つまり、城門を開けたり、簡単に破られたふりに見えて開いたり、とにかく、それが合図になるということを暗に確認する。

今回の近衛兵隊長の任務は、忙しく、見極めが難しいものである。

エルヴィラの監視はもちろん、騎士団長ガレスの監視、さらに国境を侵すジョラムの監視。

任務だけで手いっぱいのところに、ごちゃごちゃ言っても、余計に通じない。

「私もディナンド王国の一員です。降りかかった火の粉は自分で払って、夫と共に国境を立派にお守りしますわ。ジョラムは真正面から捕らえて、攻め込んできた隣国の兵として引き渡します」

「口の減らない女だ。信用はしていないが、兵を無駄に疲弊させたくないからな！　まあ、期待せずに監視させてもらおう」

ガレスが近衛兵隊長の発言に苦い顔をして、口を開いた。

「我々が抵抗するために、兵を貸してくれないのか？」

「大事な兵を貸せるか、どんな卑怯な手で、背後から殴りかかられるかわからんからな～」

「お前も、国を守る任を受けた戦士だろう！」

本気で声を荒らげたガレスを、エルヴィラは手を引いて止める。

「私のために怒っちゃ嫌ですわ」

「う……ま、まあ」

咄嗟にしたことだったけれど、かなり効いた。ガレスが頬を赤らめて静かになった。

今後も使えるかもしれない。

エルヴィラは近衛兵隊長へ凄んだ。

「悪人の私がいる場所に、いつまでも指揮官殿が寡兵でいては危ないのでは？　もう、城門は閉めますから早く野営地へお戻りください。毒牙にかかる前に」

「ぐっ、お前に言われなくても！」

近衛兵隊長が部下を連れて帰っていく。

「あの男、今度会ったら吊るしてやる！」

兵達の姿が見えなくなるなり呻ったガレスの腕に、エルヴィラは力を込める。

「力は……ジョラムが来るまで、怒りでもなんでも溜めておきましょう」

「すでに振り切れているがな。早く来い……」

エルヴィラも同じことを心の中で願った。
――早くいらっしゃい、ジョラム。
ガレスと立てられるだけの作戦を用意した。エルヴィラの気持ちも高ぶっている。
言いたいこと、示したいことはたくさんあった。
でも、一番は……。
「小悪党が、本物の悪役令嬢育ちを舐めないでいただきたいわ！」

【第八章】 攻防戦は大切な人のために～蜜月を守る夫妻の情熱～

ジョラムの兵団は、城門を閉めてから二日で到着した。

太陽がぎらぎらと登って、一番に日差しが強くなる真昼。

森から三十人ほどの兵を引き連れ、部下の手で牽《ひ》かれた、白い騎馬にわざわざ乗って、ジョラムが姿を見せた。

残りの兵は、森に隠しているのだろう。

地の利はリングフォードの者にある。領民により、彼らの侵攻の状態は逐一報告されていた。

ジョラムは、なびかせている銀の長い髪、黄土色の帷子《かたびら》、金糸雀《カナリア》色の外套と派手な装いである。

顔立ちは整ってはいたが、手紙から感じた雰囲気のままのナルシスト全開の青年であった。

「極悪令嬢、エルヴィラ・リングフォードに告ぐ！　城門を開けて出てきたまえ！　君のせいで、リングフォードの民も苦しむことになる」

――いえ、それ、どう見ても貴方のせいでございますから！

エルヴィラは心の中で盛大に指摘した。

「行くぞ、エルヴィラ」

「ええ、ガレス」

不敵に笑って、エルヴィラはガレスの手を借りながら、ゆっくり、じらすように城壁の上へ姿を見せていく。

名の知れた、黒い鎧の騎士団長ガレスのエスコートで現れたのは、豪華絢爛《けんらん》な悪役令嬢。

見渡すのは……美しいリングフォード領。

聳えるのは……どっしりとした国境のオルビー城を強固に守る城壁。

「ふふっ」

——さあ、とことん前向きに考えましょう。

隣には愛する旦那様、見守ってくれているのは、慕ってくれる使用人と、リングフォードで共に暮らす優しい領民。

失うものは多く、失ってもいいものなど一つもありません。

そして、手紙がない中で、寂しく思っていたではありませんの、来客が欲しいと。

ディナンド王国の兵団の次は、クアーバル帝国の貴族のお坊ちゃま……。

——望んでいたお客様が、いっぱいですわ！

高所の風が吹き付け、髪が頬をくすぐる。

エルヴィラは、たっぷりと息を吸い込んだ。そして——。

「ようこそ、いらっしゃいましたのね？　ジョラム・ラウデンリート様。生憎《あいにく》と私は、そんな地べたに行きたくありませんのよ」

口紅は鮮やかな赤。

風を含んで怪物女支配者《メドゥーサ》も顔負けで広がるのは、波打つ眩《まばゆ》い金の髪。

宝石がごろごろとついた髪飾りは、収集好きの鳥も恐れをなして近づかない輝き。

ドレスは、燃えるような赤の生地に、薔薇《ばら》、おだまき、撫子《なでしこ》、菫《すみれ》、アネモネがぎっしりと咲いた、毒花もびっくりな千花模様《ミルフルール》。

エルヴィラの背後で、ハリエットがサルビアの花を撒《ま》いた。

「お支度は存分に腕を振るいましたよ、御髪《おぐし》もいつもより余分に巻いておりますっ！」

セルマが、植え替えのために用意してあったツツジの植木を、エルヴィラの背景になるように、わさわさと揺らして持っている。

「奥様は、常に花を伴っているのが似合いましてございます」

――――私は今、一人、悪女の花園に生息中ですのよ？

近くで見れば間抜けな図であったが、遠くから見ているジョラムとその兵は、想像以上に派手で妖艶で花まで背負っている悪女っぷりに驚きを見せている。

「出たっ！　極悪令嬢だっ。うわっ、噂よりギラギラしている！　城壁の上なのに背後に花が見える」

「あんな女、近寄りたくないぞ」

兵達は大いに動揺した。

──ふふっ、括目《かつもく》して怯えなさいな！

「ええい、静まれっ！　ただの女だ。今に泣きわめく！　…………たぶん」

ジョラムにも焦りの色が見えている。

一歩、前へ出たガレスが口を開く。

「妻の言葉通り、我々は抵抗する！　兵を引け、さもなくば、お前達をディナンド王国の国境を侵す者として、撃退する」

ガレスの口上は堂に入っていた。

恰好いい旦那様……と、表情を崩しそうになったけれど、そこは我慢。

「兵士諸君、見て覚えたまえっ！　あの男がディナンド王国の騎士団長だ！　奴には油断するなよ、全員でかかって仕留めろ」

ジョラムが兵に指示する。その辺りのことはさすがに事前の作戦に入っているのだろう。

エルヴィラに対してとは異なり、油断のかけらもない。

ガレスはディナンド王国屈指の武人なのだから。

休暇中ですけど……。

ここまでは作戦通りだと、エルヴィラはガレスと目を合わせて小さく頷き合った。

──さあ、悪役令嬢の独壇場の始まりですわ！

エルヴィラは、ずいっと前に出た。

この位置が、風の関係で、一番矢が届かない場所だと、ガレスから聞きましたわ。

さっきまでよりも、城壁の下がよく見えるほど縁へ近づき、ジョラムと周囲にいる私兵を思いっきり見下《みくだ》す。

エルヴィラは城壁の上から、ジョラムと対峙《たいじ》した。

そして、心の中で眠らせていた生まれ持った魂を解放させる。

「お——っほほほっ！　やれるものでしたら、やってごらんなさいな。お初にお目にかかる方もいらっしゃいますわね！　悪役令嬢ならぬ、極悪令嬢のエルヴィラですわ、以後、お見知りおきを」

人生初の高笑い。

神懸かって、いい感じにできた。まるで本物の極悪人。

その証拠に、流れを知っているエルヴィラの周りにいる侍女や、街の人まで固まっている。

——今まで望んでこんな態度をとったことはなかったけれど、妙にしっくりきますわ！

新たな快感に目覚めそう……。

「さて、皆様、準備はよろしくって？」

エルヴィラの声に、凍り付いていた侍女や街の人が、我に返って持ち場へ着く。

「ラウデンリートのお坊ちゃまには、この私に逆らうとどうなるか、良いものをご覧に入れましょう！」

声を張り、エルヴィラは右手の城壁を示すように手を広げた。

街の人が三人がかりで仕掛けのロープの一部を持ち、丸く固定されていた布きれを解く。

ロープが落ちて、バラバラにされた操り人形のように、ガクンとジョラムの私兵の鎧《よろい》姿が、城壁に吊される。

手足はあらぬ方向を向いて千切れて……。

「うわぁぁぁぁあっ！」

「極悪令嬢だっ」

絶叫が起こった。陰湿な嫌がらせの域を超える、残虐な警告。

「斥候の方を一人、目障りでしたから捕まえましたの。命乞いをされても、残念なことに、私は血も涙もありませんのよ」

正確には、捕まえた斥候をエルヴィラとガレスで手厚くもてなして情報を得て、ついでに、ジョラムへの愚痴を散々聞かされただけであったけど。

吊されているのは、セルマの作ってくれた肌色の布人形に斥候の鎧をつけたもので、完成度は高かった。

下を向かせて顔を誤魔化してはいるけれど、ガラス玉の目も虚ろで怖い。

――でも、よく見れば、作り物だってすぐに気づくはずですのに。

思い込みって、怖いですわ……。

「極悪令嬢へ矢を放て――っ！」

「こちらも、一斉掃射！　ただし……足止めの藁束《わらたば》に」

ジョラムの兵が放った矢は、エルヴィラまで届かなかった。

代わりに、エルヴィラの指揮の下に放たれた火矢は、ジョラムが立っている傍の、油を含ませて燃えやすくした藁束へ着火する。

――やった、成功ですわ！

馬が驚き、長い銀髪を乱してジョラムが振り落とされた。

ここまでは、上出来だった。

けれど、はったりで守ってばかりでは、攻防戦は勝てない。

エルヴィラの受け持った役目は、思いきり目立って、囮《おとり》となって敵を引きつけること。

――作戦通りお願いしますわ、お強い旦那様。

陽動の間に姿を消していたガレスへ、エルヴィラは思いを馳せた。

※　※　※

下草を踏みしめる微かな音。

茂みを抜ける、ガサッという響きを最小限に抑えて、ガレスは深い森の中に一人でいた。

――エルヴィラは、無事だろうか。

心配する気持ちは尽きない。

だが、ガレスが、もたもたとしていたら、より彼女を危険な目に遭わせてしまう。

信頼して、オルビー城を任せたのだと、己に言い聞かせる。

「エルヴィラ、待っていてくれ……」

ジョラムを迎え撃つ作戦は、まず、夫妻二人で同時に奴を出迎え、ジョラムとその兵にとって、一番の強敵になるだろうガレスを城にいると思わせたことだ。

森の中にいる兵も、城に気を取られる。

城でやってきたジョラムを迎撃し、捕らえるだけであれば、ガレスにとっては簡単なことであった。

しかし、それを許さない存在がいる――。

ラウデンリート伯爵家で雇われている、元騎士のルディガーだ。

ジョラム一人の侵攻では、私兵相手とはいえ、百人をゆうに超す、兵団を率いることは不可能である。

オルビー城まで兵団を動かすための、統率力が足りない。

その指揮をしているのが、戦場の経験が豊富なルディガーであった。

捕らえた斥候からの情報とも一致している。

ルディガーは、深い森の中で温存している兵と共に陣を敷き、ジョラムが捕まっても、無抵抗にはならない。

むしろ、やりやすくなって戦場並みに卑劣な戦略をとるだろう。

森は焼かれ、家は破壊される。

私兵を実際に掌握しているは、ルディガーだ。

ジョラムとルディガーの二人を、押さえなければ、戦いは簡単には終わらない。

この作戦は、二手に分かれる内容であった。

エルヴィラが派手にジョラムの注意を引きつける。

ガレスがまだ城にいると思わせたまま……。

一方のガレスは、単身で森へ入り、ルディガーを捕らえる。

それを合図の凧《たこ》で知らせて、エルヴィラが領民と協力して、罠でジョラムを捕らえ……。

ガレスがルディガーを城まで引きずっていき、私兵全員に投降を促す。

一番早く、成功しやすいと練った作戦であった。

ガレスの心情を除いては……。

——俺の目が届かないところに、エルヴィラを置くなど！

駆け戻りたい気持ちは、早く片づけて戻ることだと言い聞かせて、力に変える。

エルヴィラが敵を引きつけられる時間との勝負であった。

ガレスは、茂みの中で、森の外周の木々が途切れる迂回路とも呼べる場所へ、目を走らせた。

作戦通り、破城槌《はじょうつい》が天然の崖を利用した落とし穴にはまっている。

丸太状の杭を建物に打ち付けて破壊する、厄介な攻城兵器……。

それを兵士達が、懸命にロープで引き上げているが、まだ時間がかかりそうだ。

ジョラムが破城槌を一台用意していたことは、前もってわかっていた。

だから、ガレスはリングフォードの領民と共に、庭とも呼べるほどに詳しい森へ、罠を張ったのだ。

他にも色々な罠を仕掛けた、草を結ぶ罠などは、気を抜けばガレスもうっかり転びそうなほど、執拗に隙間なく結んであったりもする。

森の中の警戒は薄かった。

エルヴィラはまだ、注目を集め続けていてくれるのだろう。

「……ハッ！」

ガレスは向かう先にいた一人の見張り兵を、素早く昏倒させると半身を沼に沈ませた。

目覚めても、足を取られて時間が稼げる。派手に暴れなければ、沈みはしない。

攻撃の加減は難しかったが、エルヴィラの頼みなら、何でも叶えたい。

「エルヴィラ……」

ガレスは城壁での妻との会話を思い出していた。

エルヴィラにキスをして宥めたら、彼女がとびきりの笑顔を向けてくれた時のこと。

――――初めて、俺を頼ってくれた。

そして「私にしかできない戦い方があると思いますの」と言い、深く話し合ったのだ。

あの時……。

――――。

――――。

「い……今、何と言った、エルヴィラ？」

ガレスは信じられない思いで、妻の提案に目を見開いた。

「ですから、私の最愛の旦那様は、とてもとてもお強いのでしょう。ジョラムとルディガーを同時に引きつけて、兵も全員、一手に倒してしまうお考えの」

妻の安全を考え、ガレスが出した作戦。

「それが一番確実だ。ルディガーが出てくるかが問題だが、どうにかする」

エルヴィラは今、異なる提案をした。

「引きつける時に、ディナンド王国の兵団に誤解されては大変です。ジョラムは私一人で充分ですわ。ガレスはお一人でルディガーをお願いします」

「そ、れは……お前は？」

ジョラムは弱そうだが、エルヴィラの身を危険に晒《さら》すわけにはいかない。

森に一人で戦いに行くことなど何でもない。

だが、エルヴィラを一人にはできない。

どう説得したらいいだろうか。

彼女が内緒話をするように顔を近づけてきた。ドキリとする。

「ガレス、貴方を頼ってしまっていいですか？」

「ああ、頼ってくれ」

妻に頼られるのは誇らしい。戦いと関係がない、いかなるおねだりだって聞くぞと言いかけそうになった。

それぐらい、嬉しかった。

「ルディガーは森の中にいるというお考えなのでしょう？　でしたら、攻め込む際に誰一人死人を出さずに、素早く捕らえてください。貴方と出かけた森、お城の周りに戦いの後を残したくないのです」

「……ああ、承知した」

確かに力の差があれば、できないことはない。

ガレスだって、妻がショックを受けるような状態に森を汚したくないし、思い出の場所を荒らされたくない。素早くは当然のことだ。

「そして、私……今から我が儘を言いますわ！」

エルヴィラがびしっと指を突き立てた。

我が儘!?

おねだりがきた！　すごく可愛らしい。

ついに、ガレスが欲しかった我が儘を言われるのだ。頼りある夫になれた証拠！

「ああ、なんでも言ってくれ！」

「ガレス……貴方は絶対に怪我をしないで。擦り傷一つなしで無事に帰ってきてくださいな」

——。

――――――。

ガレスは、また一人見張りを倒して、森の中で孤軍奮闘《こぐんふんとう》していた。

「っ……！」

心の中では妻の言葉が支えてくれているから、二人だ……と、妻に頼られるまま敵を気絶させ、我が儘を叶えるべく、己の身体にも注意を払う。

あと、二十人ぐらい潜みながら倒せば、ルディガーまでたどり着けそうだ。

異変を察した兵が、三人――ガレスの隠れた木へと近づいてくる。

「ここを見張っていた奴がいない」

「誰か潜んでいるかもしれないぞ！」

「近くを探せっ」

――ちっ、三人か……。

死なないように加減するのは、騎士団の訓練でやっているから問題ないが、ガレスが怪我をしないようにするのが難しい。

――これ以上、騒がれる前に仕留めなければ。

頃合いを図って、木から飛び出そうとしたところで、兵士が三人倒れた。

「ぐっ！」

「がっ……！」

「う――っ……」

ガレスの騎士団の部下達が現れ、敵を手早く殴り倒していた。

「アーロン！　サイラス、ジャーベスも……来てくれたのか」

戦場では、常に背中を預けていた、懐かしい部下の名を呼ぶ。

鳥を飛ばしてディナンド王国の兵団について知らせてくれていた、騎士団の頭脳とも呼ばれているアーロンがまず口を開いた。

「奥様が必要以上に目立っておりましたので、団長は城にはいないとあたりをつけました。わたくし達しか気づいておりませんので、ご安心を」

「近衛兵にまざってきました。お手伝いします、団長！　あっ、副官はさすがに監視が厳しくて来られませんでした」

最年少で、童顔の、貴族出身のサイラスは、色々と融通が利く。

「よう、ルディガーをぶっ倒すんだって？」

殴り書きのような手紙をよこす、騎士団一の筋肉を持つジャーベス、百人力である。

「感謝する……だが、俺は一人で充分だ。妻を頼む、早く傍に行って守ってやってくれ」

部下が守ってくれるのなら、何の憂いもなくルディガーに飛びかかることができる。

「げっ！　あの殺しても死ななそうな悪役令嬢をか！」

「しっ！　ジャーベス、声が大きいです。あと、団長の奥さんなんだから失礼です。確かに、王城で見る時よりも怖くなっていましたけれど」

ジャーベスと、それを宥めるサイラスも、エルヴィラにはまだ誤解があるのが歯がゆい。

——俺に助力はしても、妻にはまだ難しいか……。

「団長お一人でルディガーをですか？　わたくし達は、そちらを手伝いにきたのですが……」

アーロンですら、言葉を濁す。

説得している暇はなかった。

いっそ、力を借りてさっさとルディガーを……とも、頭をよぎったが、ジャーベスが参加すれば、流血沙汰になりそうだ。

「ぐっ……」

——こうしている間にも、エルヴィラの身が！

まどろっこしくなり、ガレスは力説した。

「俺はっ！　大好きな妻に頼られて、初めての我が儘を叶えている最中なんだっ、邪魔しないでくれ‼」

……。

一瞬、森の中がピキッと凍り付いた。

「……はぁ」

「いやー、はいはい」

「奥様の……警護に向かいます」

サイラス、ジャーベス、アーロンが「わけがわからないけれど、従っておこう」という気まずい顔で、城の方角を振り返る。

「すまんな……ああ、大っぴらにやるなよ。ディナンド王国のお前達の立場もある。城壁の草むしりとでもしておいてくれ」

勘のいい部下達が頷き、歩きだしたところで、ガレスも反対方向へ進み始める。

――――ルディガー、すぐに捕らえてやる！

それからのガレスは早かった。

迷いはなくなり、敵兵を見るなり、慎重に素早く飛びかかる。

……。

予想よりも三人ほど多く倒したところで、森に擬態した、緑がかった天幕にたどり着く。中には人の気配がする。見張りは倒している、残す一人は……。

力技だっ――――。

天幕ごと、ガレスは大剣で引き裂いた。肩から足を狙う！

「おおお――――っ！」

雄叫びを上げて、斬りかかるも、手ごたえはなかった。

――――避けたか！

「くっ……」

引き裂いた天幕が剣にまとわりつくも、薙ぎ払う。

千切れた緑の布が空に舞い、その向こうに、白髪頭の騎士の姿があった。

六十歳を過ぎているとは思えない、威圧感、軽やかな身のこなし。

鎧に身を包んだ、騎士、ルディガーだった。

「随分と乱暴な手を使うのぅ、わしでなければ、腕か足がなくなっておったわ」

ジャラリと大剣が抜かれる。鷲《わし》が描かれた握り手。

相手の間合いに入る前に、ガレスは斬りかかった。

ルディガーがその攻撃を剣で受け止め、剣と剣がギンッと火花を散らす。

剣技では、ほぼ同格であった。

実戦の数だけ、ガレスがやや劣っていることぐらいで。

ルディガーに弾かれて、後ろへ飛び退くも、休む間もない剣戟《けんげき》が繰り出される。

ガンッ、ギンッと、激しい音が森に響く。

――――いかん、このままでは……。

体力勝負で勝てても、怪我を負う。

エルヴィラの我が儘を叶えられない⁉

ガレスは必死で考えながら、応戦した。

「ははっ、わしを嘗めてかかるなよ、ディナンド王国の小僧っ！」

「ぐっ……」

剣の強い一撃を、ルディガーが繰り出し、ガレスの大剣が、飛んだ。

キンッ……！

「随分と軽い剣であったなっ！　騎士団長よ、己の未熟を知れぇ！」

丸腰となったガレスへ、大きく振りかぶったルディガーからのとどめが放たれる。

刹那――――。

ガレスは樹齢八十年はあろうかという倒木を手に、すでに戦闘態勢を取っていた。

剣を弾かれたのは、そう見せかけた演技。

「さっさと食らって眠れ、ルディガー‼」

得物の長さの差は明らかであった。

ガレスが持った木が、大地にはびこっていた根を前にして、ルディガーの腹部へ食い込み、衝撃を与えた。

「がはっ……！」

ルディガーの背後もまた、木であった。立ったままの幹と倒木に挟まれた衝撃で鎧は壊れ、目を白黒させている。

「ば、馬鹿な……剣を捨てて……ぐ……っ……」

呻き声を上げて、ルディガーが気を失う。

「怪我をしたら、エルヴィラの我が儘を叶えられないからなっ！」

ガレスは得意げに言い放った。

ルディガーにもう、聞こえていないのが残念だ。

ガレスは勝利した。無傷で。

――――これで、叶えたぞ。エルヴィラ……。

作戦成功の伝令用の凧を揚げて知らせ、ルディガーを手早く縛り上げて担ぎ上げる。

――あとは、こいつに剣を突きつけて兵を蹴散らしながら、城へ戻るだけだ。

「……エルヴィラ、無事でいてくれ」

祈るように、ガレスは城の方角を見る。

※　※　※

エルヴィラの高笑いは絶好調であった。

ジョラムとの膠着《こうちゃく》状態は続いている。

ガレスの不在については、当人ですらもう忘れ去ってしまい――。

「お――っほほほ！　そんなひょろい弓矢なんて当たりませんわ！　私を捕らえるなら、もっと大軍でくるべきでしたわね。お友達がいないのかしら？　う、ぐ……ふふっ、ほほっ」

友達がいない過去。自分の発言が、ブーメランで戻ってきて胸に刺さりましたわ。

「一人では何もできない女狐が、調子に乗るなよ。僕には支援してくれる多くの友人がいる、君はどうだっ！　たった一人だ。騎士団長をたらしこむ奇跡が起きていたとしても、異性にはすこぶる評判が悪いんじゃないかい？」

城壁の下からジョラムがエルヴィラへ向かって叫ぶ。

バリケードとして置いた木の柵の中央。一番目立つ、演説台のようにぽっかりと空いた部分で、銀の髪をかき上げながら。

――あの人、私達が防御だけしていることに気づいていて、前に出すぎですわ！

エルヴィラが伴う、街の人の弓は、威嚇しかしていないので、当然ではあったが……。

「君は女性に特に嫌われるだろう！　僕は理由を知っているよ、濃い顔の仮面のせいじゃない、心が高慢なんだ！　君みたいな女は――ぐわっ！」

大演説が始まりかけたところで、ジョラムの顔に何かが飛んだ。

「臭い……な、なんだ、これは！」

べちゃっと、黄色いものが、銀の髪へ粘るようにくっつく。

「もう、黙って聞いてられないよっ！　エヴィは見た目も綺麗だけど、心ももっと優しくて美しいんだよ！」

ドロレスが腕まくりをした手で、燻製室《くんせいしつ》の箱にあった失敗作のチーズを投げたのだ。

豚の餌にまぜる予定だったそれは、酸味が強すぎるできで、匂いも強烈である。

「ドロレスさん……」

エルヴィラは、じーんと感動した。

一方のジョラムは騒いだのちに沈黙する。自慢の容姿を汚されたせいか、ゆらりと怒りの炎が上がったようにも見えて……。

「あっ……」

そこでエルヴィラはハッとした。ドロレスはチーズを投げて攻撃したため、エルヴィラよりずっと前にいる。

「ドロレスさん、そこ、出すぎですわ！」

「あの女を射ろ――――！」

ジョラムは甲高い声を上げると、弓兵はすでに構えを取り、弓を引いていた。

「危ないっ！」

エルヴィラはドロレスへ駆け寄り、下がるように引っ張る。

ヒュヒュヒュンと耳の近くを矢が通り、恐怖で身体が凍り付く。

さっきの場所まで下がらなければと思うのに、腰が抜けてしまった。

それは、ドロレスも同じ様子である。

「ひぃいっ……」

「っ……あっ、ドロレスさん、お立ちになって！　逃げてください」

「だ、だって足がさ、すくんじまって……エヴィ、あんたこそ早く逃げな！」

城壁の下で、ぎりっと次の矢が引かれたのがわかった。

すぐに射られたものが届いてしまう、さっきは運よく当たらなかったけれど、二度も奇跡は起きない。

「嫌ですわっ‼」

エルヴィラは、がばっとドロレスを抱き締め、覆いかぶさった。

幸いにも、豪奢《ごうしゃ》なドレスの面積は、お世話になった宿屋の女将を隠せるぐらいはある。

ぎゅっと目を閉じて、覚悟を決めた瞬間……。

トスッ、トスッと弓矢が柔らかい障害物に刺さる音がした。

どこも痛くはない……。

「えっ……？」

エルヴィラが顔を上げると、近くに人の気配がした。

見覚えがある騎士団の鎧、でも、ガレスではない。

騎士の一人が、エルヴィラの横へ、盾の代わりに、腐葉土がたっぷり詰まった麻袋を置いたのだ。城壁の庭造りで使用していたもの……。

放たれた矢は、それに刺さって止められている。

「貴方達は、ガレスの――」

王城に出入りしていた頃、追いかけまわしてくれた騎士団の面々だと見覚えがあった。

「そう、部下であり友人のジャーベスだ！　平民を、命をかけてかばうなんて、おまえ、意外と根性あるな～、目が曇っていたのは、俺らのほうだったかもな」

筋肉質でよく日に焼けた男が、ニカッと微笑む。

「た、助けてくださいましたの……？　ありがとうございます」

礼を言って、エルヴィラは騎士団を見回した。三人もいる。

「ああ、もうぎりぎりでしたよ。リングフォード夫人のピンチに間に合ってよかったです！」

幼い顔をした騎士が、華奢な身体でドロレスをひょいと抱き上げ、安全圏に連れていく。

「お久しぶりにお目にかかります。わたくしは騎士団のアーロン、筋肉がジャーベスで、幼顔がサイラスでございます。さあ、弓の届かない場所へ」

知的そうな騎士が、エルヴィラへ、形式ばった挨拶をして、手を引いて起こし、元の位置へと連れていってくれる。

――ガレスの部下……アーロンさん、ジャーベスさん、サイラスさん。

「城壁の上に騎士がいるぞ――！」

「ディナンド王国騎士団だっ、介入せずじゃなかったのか！」

どよめく声が敵兵から聞こえ、エルヴィラの頭は動きだした。

「あのっ、大変ありがたいのですが、ディナンド王国の騎士の皆様が、この戦いに協力したら、貴方達が兵士の方から罰を受けるのではありませんか？」

「いやー、協力じゃねぇよ。俺らは、ガレスの野郎に、城壁の草むしりを頼まれただけだ」

「はっ？　草むしり……？」

エルヴィラは目をぱちぱちとした。

意味はわからなかったけれど、その響きから、任務ではなく、ちょっと通りかかって手伝うという、ニュアンスが感じられた。

「そうですよ！　あっ、ジャーベスさん、城壁の下に、でっかい害虫が！」

無邪気な声でサイラスがジョラムを指差す。

「土なら、たっぷりありましたよ。城壁にも害虫がわらわらといますね。汚らしいから、埋めてしまいますか」

アーロンが、積んであった麻袋を幾つも空けてザアアッっと土を落とす。

「ぎゃっ！」

「ぐっ……ぺっ、な、なんだ……うおっ……！」

それらが、弓兵の攻撃の隙に、城壁へと梯子《はしご》をかけて登り始めていた兵の顔に容赦なく浴びせられる。

「奥さんよー、あの銀髪を毟《むし》る手はずは？」

暗に、作戦の最終段階のことをジャーベスに聞かれて、エルヴィラは答えた。

「このレバーを引けば――――ですわ。けれど、ガレスから知らせが来たタイミングで始めないと……あっ！」

森を見て、エルヴィラは凧が上がっていることに気づいた。

ルディガーを捕らえたという合図！

――ガレス、無事で……よかった……！

「合図がありましたわ……」

気合いを入れて、エルヴィラは片手を空へと向けた。

――――これで、決めますわ！

「全員、ジョラムの捕獲に入りますわ！　レバーを引いてっ」

エルヴィラの号令で、街の人が仕掛けを作動させる。

ジョラムの立っていた場所に、ばさっとトリモチ入りの網が落とされ、次にその網の口を引くロープを、エルヴィラも侍女と一緒になって引っ張った。

すぐに仕掛けに気づいたのか、騎士団のジャーベス、アーロン、サイラスも手伝ってくれる。

あっという間に、ジョラムの捕獲は完了した。

こうも予想した場所に、あっさりと来て、長い時間ずっと喚いてくれるとは思わなかった。

「………………」

ふと、心に引っかかることがあって、エルヴィラは首を傾げる。

ジョラムの手紙。

『迎えに行くから、君は騎士団長ガレスに武装をさせて、できれば部下も何人か色仕掛けで操り、合流してくれ』

偶然にも手伝ってもらってしまった。

「あの、ジャーベスさん。騎士団の皆様もご協力ありがとうございます！　でも、決して、これは私の色仕掛けではありませんからねっ」

「……いや、何をどうやったら、この状況で色気があるんだかわかんねーよ。おまえ、面白い奴だったんだな～」

気の抜ける会話をしている間に、アーロンとサイラスが、城壁へ網ごとジョラムを宙吊りにした。

トリモチにくっつき、髪を毟られながら、ジョラムが叫ぶ。

「こんなことをしてただで済むと思うなよ！　僕には、すごい攻城兵器と、すごい騎士が、今から――――げっ⁉」

ジョラムが目を見張った。

森の中から、武器を捨てて両手を挙げた兵がぞろぞろと出てくる。

やがて、捕縛したルディガーを担ぎ、剣を突きつけたガレスの姿が見えた。

「ガレス！」

エルヴィラは夫の無事を喜び、周りに構わず、愛しい名を呼ぶ。

「男前な旦那様が戻ってきたぜぇ」

茶化したようなジャーベスの声に、エルヴィラは目を細めた。

「本当に……そうですわ」

少しの間、会っていなかっただけなのに、前から素敵だったけれど、もっともっと際限なく男ぶりが上がってしまった気がする。

だって、見ていると、誰の目も気にせず、抱きついてしまいたくなったから。

――――リングフォード夫妻は、攻防戦に勝利した。

エルヴィラとガレスは、静観していたディナンド王国の兵団へ、ジョラムとルディガーを引き渡すことにした。

リングフォード領の街外れの平原では、拘束された彼らが馬車へと乗せられていく。

帝国の危険人物、しかも貴族ということで、とても厳重だった。

荷台に鉄の格子がつけられた特製の馬車が用意され、見張りの兵がジョラムとルディガーの左右につく。

さすがに普通の罪人のように猿ぐつわをつけられることはなかったけれど、手足はしっかりと縛られ、格子に繋がれている。

これから、ディナンド王国の王城で罪状を確認し、書類を作成した後で、クアーバル帝国へ戻されて、皇帝によって裁かれることになる。

エルヴィラとガレスは、それを見届けていた。

ジョラムはすっかり大人しくなり、ルディガーは苦々しく口を噤《つぐ》んでいる。

「いやぁー、活躍でしたな、悪役……ではなく、リングフォード夫人！　結婚されて丸くなって国に尽くしたと王へは報告しておく、ゴホンッ……んんっ、よくぞ国境を守ってくれた」

近衛兵隊長が、手のひらを返したような態度でエルヴィラを労《ねぎら》った。

攻防戦前に、散々嫌味を言ってガレスの怒りを買った近衛兵隊長は、吊されこそしなかったけれど、きっちりその代償を払わされたみたい。

引き渡しの際にたい焼きを水なしで一気食いさせられたと聞く。

ガレスが部下に頼んで、喉に詰まらせそうな、たい焼き攻めという報復を、きっちりしたらしい。

喉の調子がまだおかしそうな近衛兵隊長は、早く帰りたがっている。

戦いの一部始終を、多くの兵が見ていたことで、エルヴィラは悪役令嬢の評判を、返上できそうだった。

夫と共に国境を守った、リングフォード夫人として。

馬車を見送ってしまえば、ジョラムとルディガーとは、恐らくはもう会うことはないけれど、
エルヴィラは、その前に……と、二人へ進み出た。

「…………」

言いたいことはたくさんある――――。

でも、これだけは!

エルヴィラは、目をくわっと開いて、眉を吊り上げて、本気で凄む。

脅すような口調になる。

「貴方達、もう二度と二度とこの地を踏まないでください、もし来たら…………」

タダでは、済まさない。

大切なものが全部ある、この地に――――。

もう一歩足を大げさにバンとエルヴィラは踏み出した。

「うわわわぁっ！　もう、もう許してくれぇ！」

「ぐむ……っ！」

馬車へ手をかけてすらいないのに、ジョラムの怯えた悲鳴が上がる。

ルディガーでさえ、動揺して声を出している。

ハリエットが化粧ブラシを手に飛んできた。

「あっ、あの、エルヴィラ様、お顔がものすごく怖い感じに、乱れてですねっ！　ええと、どこから手をつけていいやら……」

どうやら、エルヴィラはいつになく、悪魔の形相をしていたようだ。

「悪魔の夫人が怒っているぞ！」

「早く連れていけ、危ないっ」

近衛兵がざわついて、罪人に同情までして助けようとしている。

——あっ、わっ……！　そんなにすごい顔、していましたの？

せっかく丸くなったと思われたのに、また誤解されてしまう。

——なにより、悪魔のような顔を旦那様に見られたら……。

おろおろしていると、ガレスと目が合った。

彼は、一部始終、ばっちりとエルヴィラの顔を見ていて——。

ガレスが、エルヴィラへ誇らしげに微笑みを向けて、肩を抱き寄せた。

「きゃっ……！」

肩を寄せて、くっつくように並んだ姿勢になる。

「妻は、誰しも俺達の蜜月を邪魔するなと言っている！　わかったなら、さっさと邪魔者は消えろ」

訳したうえで代弁していたようだ……。

——でも……！

「み、蜜月とか……邪魔するなであるとかまでは、言っておりませんわっ！　勝手に付け加えないでくださいな！」

「いいや、言ったな。早く俺と二人になりたいとも」

「えっ……な、ん……ぅ！」

早口で否定するエルヴィラの唇へ、ちゅっとガレスが口づけた。

真面目な騎士団長の、人目も憚《はばか》らない行為に、周囲がどよめく。

「最強のご夫人だ！」

「エルヴィラ様、照れてるぞっ」

唖然《あぜん》とする兵士に、冷やかしの声を上げる領民。

悪役令嬢の噂は返上できそうであるが、恥ずかしい夫妻として噂されそうだった。

兵団を見送り、領地の要所を見回り、オルビー城へ戻ると、すっかり夜更けであった。

それでも、エルヴィラは眠ってしまう前に、どうしても、確認をしたいことがある。

半地下にある、広い湯あみ用の風呂場に続く、脱衣の部屋。

大きなテーブルに、壁にかけられた多くのタオル、棚がある。

エルヴィラがここを使うのは週に二回ぐらいで、あとは部屋に運ばれるバスタブで主に入浴していた。

ガレスは汗をかくと、こまめに水浴びをしてしまうので、エルヴィラ一人のために、使用人へ多くの湯を張ってとは、言いにくいので遠慮をしていた。

しかし、今日は、戦いの後の疲れを癒すために、風呂場には湯が張られている。

「ガレス、私の我が儘をちゃんと聞いてくださいましたか？」

エルヴィラは、それを確認するためにいた。

今日は相当忙しかっただろうガレスに、わざわざ呼び出す負担はかけたくなかったので、脱衣所であれば、ついでにでもあり都合がいい。

『ガレス……貴方は絶対に怪我をしないで。擦り傷一つなしで無事に帰ってきてくださいな』

見た目ではわからなくても、我慢強い彼のことだから、怪我をしても、エルヴィラに心配をかけまいと涼しい顔をしているかもしれない。

小さな傷でも、消毒が不十分であれば、命にかかわる。怪我をしていたら、明日の朝までなんて待てないから……。

「俺も、お前に知らしめたかったところだ」

ガレスが黒い鎧に手をかけ、外していく。

エルヴィラはそれを手伝った。

――鎧って、こんなに重いのですね……。

これらをすべてつけて、普段と何も変わらず、軽々と動けるガレスに圧倒される。

籠手《こて》、肩あて、胴――。

堅いずっしりとした鎧を、慎重に受け止めて、落とさないようにテーブルへと置く。

そうしながらも、打ち身一つ、怪我一つ、見逃すまいと、彼の肉体を凝視する。

黒くて大きな鎧の下からは、鋼のような筋肉質な逞しい身体が現れた。

色気すら感じる、鍛え抜かれた肉体美。

「どうだ？　怪我などしていない」

「はい。私の我が儘を叶えてくださり、ありがとうございます」

――よかった……無事だわ。

鎧の痕こそついていたけれど、どこも怪我はしていないと確認して、ほっと息を吐く。

「……ええと、では私はこれで……ゆっくりお寛《くつろ》ぎくださいな」

会釈をして、私室へ戻ろうとしたエルヴィラの手を引き、ガレスが止めた。

「待て、お前は？」

「えっ……？　はっ、私ですか？」

何だか、彼が裸のせいか、目がギラギラしているように感じる。

「矢が刺さっていないか、確認する」

言うなり、ガレスがエルヴィラの千花模様のドレスを脱がしにかかった。

「きゃっ！　み、見ればわかりますでしょう！　矢なんて刺さっていたら、こんなに元気にしていませんわ」

「さあ、俺の妻は我慢強いからな」

ガレスが器用にドレスを緩めて、重たい千花模様柄を、ストンとエルヴィラの周りに輪になるように落としてしまう。

コルセットにペチコートの姿になってしまった。急に軽くなり、エルヴィラは戸惑いの声を上げる。

「は、恥ずかしいですわ……！」

「お前もしたことだ。俺も確認していいだろう？」

「う、うぅ……」

今夜のガレスは、ちょっと意地悪だ。

しかも、妙に男っぽくて、押しが強い感じである。

「た、確かに、貴方に恥ずかしいことをしてしまいました。心配からとはいえ、はしたないことをですわ」

「一つ教えてやろう。戦いを終えた後の男は、危険だ。これまでは、無理やりに眠っていたが、今は無防備な妻がいる――――」

どうしよう、ガレスがいつになく逞しくて、色っぽい……！

肌着も何もかも脱ぎ捨てたガレスが、雄々しくなった熱杭を隠そうともせずに、エルヴィラを引き寄せる。

「きゃっ……あ、の……興奮という意味ですの？　わ、私も、今夜は眠れないぐらい高揚して、変な心地になっていますけれど」

「お前も戦ったからな。問題ない、俺が鎮める」

「あ、のっ……ガレス……！　きゃっ！」

裸にされたエルヴィラは、彼に抱きかかえられてしまった。

そのまま、湯気の立つ、浴槽のある風呂部分へと連れられていく。

大理石の四角い浴槽は、周囲の床も同じ石を使い、その上に、濡れても乾きやすい薄い絨《じゅう》毯《たん》が敷かれている。

ガレスは、しゃがんだ片方の腿だけを、エルヴィラの枕にすると、石鹸《せっけん》を手で泡立て始めた。

ごつごつとした枕は温かい。

「心臓は動いているな、よし」

もこもことした泡を、ガレスがエルヴィラの胸に載せて洗ってくる。

しれっと、確認している口調だけれど、むっつりなアレなのではありませんこと？

「当たり前ですわ……っ、んぅ……」

――――くすぐったくて……あっ……。

彼に触れられると、胸の先が尖ってしまう。

「ガレス……っ、鎮めるんじゃなかったんですのっ……あ、んぅ……」

愛撫をされるように洗われると、ますます気持ちが高ぶってしまう。

彼の手は、泡の道を作りながら、ウエストラインから、臍《へそ》を刺激してくる。

そして、円を描くようにお尻を洗ってきた。

「も、もうっ！　充分ですわ」

エルヴィラは羞恥に堪えかねて、身を起こし彼の手から離れて、浴槽へと逃げた。

ドプンと腰まで浸かって身を屈めると、身体についていた泡が、水の上で弾けてしゃわしゃわと広がっていく。

「悪戯《いたずら》しすぎですわっ」

仕返しとばかりに、ガレスから石鹸を奪った。

そして泡立てると、絨毯の上に屈んでいたガレスの腹部を、手を伸ばして洗う。

「ぐっ、ぬっ……！」

「ほら、恥ずかしくて、くすぐったいんですのよっ、鎮まるどころか刺激されますわっ」

ほんの仕返しのつもりだったのに、ガレスの欲望が見たことがないぐらい大きくなっている。

「え……っ」

驚きで、腹部をつるんと滑ってしまったエルヴィラの手が、その灼熱に触れた。

「そんな風にされては、鎮まらない」

「うっ、そ……そうですわね……?」

……。

沈黙し――。

戦いの夜とは思えないぐらい、馬鹿なことをしていることを自覚した。

でも、それは、染み入るような平和で、楽しい。

大変なことがあったのに、もう駄目かと思ったのに、今は、恥ずかしがっていられる。

「……ふふっ、今日の旦那様。一段と素敵ですわ」

「この姿がかっ!」

ガレスには、突然のことで意味がわからなかったらしい。

彼が手早く続けて身体を洗い、無言で湯を汲んで流す。

エルヴィラは恋しく、その光景に目を細めた。

仲良く、お風呂である。

――こんな日常が戻ってくるなんて。

何もかもが愛しくなって、エルヴィラは今すぐ彼にキスをしたくなった。

でも、浴槽の中から半身を出しているエルヴィラから、絨毯の上に座っている大きなガレスの顔までは遠い。

だから、唇の届く場所にある、彼が気まずそうに隠し始めた熱杭に、ちゅっと口づけた。

「うおおおっ！　エルヴィラ！」

びくっとしたガレスが、身を震わせる。

「そんなことをされたら、止まらん！」

近くで見る肉棒は、充血して、はち切れんばかりに雄々しくそそり立っていた。

爆発寸前にビンビンしている。

「────今夜は、止まらなくてもよろしくってですよ……？　わ、私も、さっきからドキドキして、お風呂が熱いせいかしら……きゃっ⁉」

ザブンと激しい水音がして、エルヴィラはガレスにあっさり組み敷かれていた。

彼が覆いかぶさってきて────。

絨毯の上に、水を含んで、より波を強く打つ、エルヴィラの金髪が広がった。

「エルヴィラ……」

「……ガレス」

ガレスの緋色の髪が近づいてきて、目を閉じると、強く口づけられる。

熱い、生きていることを容赦なく感じるキス。

「んっ、ふ……」

「はぁ……っ」

呼吸するのもまどろっこしいほどに、唇をむさぼり合う。

エルヴィラの腿の間に、ガレスが熱杭をぴたりと当てる。

キスをしたままなのに、互いの身体が結びつきたい場所がわかっていた。
焦がれていた。
欲しがっていた。
エルヴィラの足は、膝から下だけが、浴槽の中にまだあって、微かな浮力を感じる。
温かいはずなのに、その上にある、ガレスと触れ合っている部分のほうが熱い。
「エルヴィラ、繋がるぞ」
「……は、い……ああっ！」
肉杭がずぶりと蜜で濡れ始めていた秘所へ入ってくる。
その感触をまじまじとエルヴィラは感じていた。
――ガレスを体中で感じ……る。
――つながって……っ……。
幸福の快感が、自然と腰を浮かせていく。
「ん、あっ……ああっ……あぁぁ……」
ガレスは逞しい肉棒を力強く突き出してくる。
身体ごと揺さぶられるようにして抽送されていた。
エルヴィラの乳房は揺れて、淫らな踊りのように舞っていく。
――身体がずっと熱くて……苦しい……。
浴室での行為だからか、いつもよりもずっと身体が火照るのが早かった。

うっすらと汗をかき、二人の肌が吸いつき、そこも密着していく。

「あ、ああ、あっ……んぅんんっ……んっ……」

唇をぎゅっと噛みしめても、声を抑えることはできなかった。

耐えきれない快感と刺激が甘い吐息になって、響いていく。

淫らな音はそれだけではなかった。二人の交わる水音が聞こえ始めてしまっていた。

――ガレス……感じる……もっと……感じさせて……。

エルヴィラは無意識に彼を見た。

愛情という炎を宿した瞳をガレスはしていて、目が合うと頷いた。

どちらかともなく動く。

もっと深くへ、もっと奥へ、もっと強く繋がるために。

「あぁっ……ああっ……あああっ！」

深くなればなるほどに彼という存在を感じるとともに、快感も増した。

愛蜜はくちゅくちゅとあふれ出し、柔襞は灼熱をぎゅうぎゅうと抱き締めるように受け止めている。

抽送のたびに、甘い戦慄《わなな》きが起こってしまう。

それが反響して、エルヴィラをより卑猥《ひわい》な気持ちにさせる。

「ああっ！　あっ……んぅ、ふぁっ……ガレス……っ」

「エルヴィラ……！」

互いの生きる躍動を、深いところで確かめ合い、交わり合う。

そこにはもう、淫靡な恍惚《こうこつ》しかなかった。腰を押しつけ合うようにして、求めていく。

何度も、何度でも。

「ああっ……あああっ……！」

甘い嬌声が、風呂場へ響いてしまっても、気にならない。

咆哮したいほどに、快楽にかき乱される。

「ふぁぁぅぅっ！」

「――――っ！」

エルヴィラの頭の中で白い火花が散り、ガレスが膣奥でドクドクと精を放つ。

しかし、彼の熱杭は、より強靭《きょうじん》になって、膣肉を割り続けている。

愛液と精液が絡み合い、エルヴィラの腿をとろりと伝っていく。

繋がったまま、彼がエルヴィラの背中に手を回した。

「………」

「な、に……？　えっ、あっ……」

ふらつくエルヴィラを大切に抱えて、立ち上がらせていく。

溶け合った淫らな蜜が、膝を滑り落ちてくのを感じた。

「エルヴィラ、もう一度だ。いや……朝までかもしれない」

片足を上げられ、熱杭を抜かないままに、回転させられた。ぐりっと秘所が刺激される。

「きゃっ⁉」

エルヴィラが、うつ伏せの不安定な姿勢で絨毯へ手をつくと、ガレスが今度は背後から貫いてきた。

「あああっ！」

膣襞を揺さぶる衝撃。

「ガレス……っ、激し……です……わ、あっ、ああっ！」

「エルヴィラ、もっと欲しい、もっとだ」

突然始まった激しい獣のような抽送に、ぎゅっと絨毯を握りしめる。

足はまだお湯に浸かっていた、ガレスの足も――。

彼が動くたびに、バシャバシャと水音がする。

「あ、あっ……あんっ……んっ、ああっ……」

二度目ということもあって、エルヴィラは疲れるたびに湯の中でびくんと震えた。

彼の肉杭が強く、一番奥に突き刺さっている。

――こんな恰好で……後ろから、なのに……。

初めて後ろから交わることに、エルヴィラは混乱していた。

彼の顔を見ることができなくて、寂しい。

けれど、他よりもずっと深く彼と繋がっていた。

獣のようだけれど、強くガレスを感じて、快感が生まれて、気持ちよくなってしまう。

――――淫らに……なってしまう。

「あああっ、あっ、あぁぁ！」

エルヴィラはこれでもかと膣奥を肉杭でドンと突かれ、嬌声を上げた。

背中を弓なりに反らし、首を上げて鳴く。

――――ガレスで……いっぱいになる……これ以上ないほどに……。

彼の肉棒は、膣を満たしては、引いていく。

そしてまた襲ってきては、膣襞を擦りながら、奥に突き刺さる。

まだ満足できないのか、ガレスはエルヴィラの腰を手で摑んだ。

「あ、あ、あ、あっ！　あああっ！」

――――ゆさぶら……ないで……激しすぎます！

抽送の間隔に合わせて、エルヴィラの身体は引き寄せられた。

一番奥へ、これ以上ない力で、ぶつけられる。

びりびりと膣奥が痺れた。

――――まるで……印をつけられているみたい……。

自分のものだとばかりにガレスの熱いものが押しつけられる。

腰が尻を叩き、乾いた音を浴室に響かせた。

「あぁ、エルヴィラ……最高だ……」

「……あっ、ガレス！」

背中にキスをされた。

腰から手は放れ、エルヴィラは彼の太い腕で抱き締められる。

強い締め付けが気持ちいい。

「ん、あ、あっ……ああっ……あっ！」

ガレスは抱き締めるだけでなく、その手で乳房を摑んでいた。

腰を振りながら、肉棒で膣を打ち付けながら、乳房をも刺激してくる。

──二箇所同時に……責められて……ああっ！

「あぁぁあっ！　ああっ！　あっ！」

上下の快感がぶつかり合って、エルヴィラを震わせる。

すると、ガレスは腰の動きを変化させた。

今までは大きな動きで、揺さぶるような抽送。

それが、今度は奥まで挿入させたまま、ぐりぐりと膣奥を擦るようにして、小さな動きで力強く突き上げてきた。

──すごい……奥ばかり……責められて……感じる！

「あああっ……あああっ……あっ！　ああっ！」

膣奥が絶え間なく刺激され、エルヴィラはびくびくと震えた。

強い衝動がその動きで刺激され、溢れだしてきてしまう。

──これ……だめ……耐えられなく……なるっ……。

加えて乳房への愛撫もより激しくなる。
大きなその手で胸全体を揺さぶりながらも、乳首をじりじりと擦られた。
強すぎる刺激が、休む暇を与えずに責めてくる。
「あぁ……ああ……ああっ！　んんっ！　あっ！」
我慢の限界だった。
もう、衝動を抑えることができない。
快感と刺激で身体が痙攣するのを止められない。
「ガレス……あぁ……私……もう……」
エルヴィラは声を上げて、彼に終わりを知らせた。
「俺もだ……エルヴィラ……」
するど、彼の声が聞こえてきて、巻き付いていた腕がさらに強く締め付けた。
中だけでなく、肌も、すべてが繫がっている。
ガレスと混じり合い、溶け合う。
ああ、今夜は……。
戦いを終えた騎士に――。
我が儘を聞いてくれた、エルヴィラの騎士に――。
どれだけだって、褒美をあげなければ……。
愛しい、愛しい夫の熱を鎮められるのはエルヴィラだけ。

「ああっ……」

エルヴィラは、快楽とともに、彼を受け止めた。

【エピローグ】本日も、楽しく幸せに過ごしまして

一ヶ月後のリングフォード領。

オルビー城の前庭で、エルヴィラとガレスは、金ぴかの四頭立ての馬車を見送っていた。

ディナンド王国の、王家の紋章が入ったそれは、護衛の着飾った兵士に囲まれて、平地を抜けて、なだらかな丘の向こうに見えなくなっていく。

「お友達みたいに、たい焼き食べて帰っちゃいましたわ……」

「王なりの、詫びのつもりだろう」

国境を守ったリングフォード夫妻。

ジョラムの事件の後で、王城への出入りを禁止されていたエルヴィラは、謝罪のために王に王城へと招待された。

命令ではない、王直筆の、丁寧な手紙により。

しかし、戻る気など、さらさらなかったエルヴィラは「謝罪は受け入れますので、これで終わりにいたしましょう。行きたくありませんわ」とそれを突っぱねた。

せっかく平和になったのに、余計な火種は、もう作りたくなくて……。

内心では弱気になって、ガレスに「こ、これで良いですの？　不敬罪ではありませんか？」と、文面を相談したら「お前らしくていい」と、お墨付きももらってしまった。

結果――――。

なぜか、ディナンド王国ゴドウィンが、わざわざ詫びに来てくれたのだ。

滞在中は、妙な誤解もなく、しみじみと「顔を見たかった」とまで言われてしまった。

隣国に嫁いだアレシア皇太子妃となかなか会えなくなってしまったから、次によく顔を見ていたエルヴィラを、娘かなにかと思っているのかもしれない。

散々ひどいことをされたのに、謝罪をされて別れてみると、今度は遊びに行ってあげましょうか……なんて思いが湧くから、不思議である。

王を乗せた馬車が、その隊列もすっかり見えなくなり、エルヴィラはふーっと息を吐く。

木々を揺らす、リングフォード領の風を頬に感じる。

「もう少し、王様に優しくすればよかったですわ。たい焼きのお代わり、ありましてよ？　以外に、気の利いた言葉があったはずです」

エルヴィラが反省して項垂れていると、ガレスが吹き出し、その堪えてもれるような声を隠すように唇に手の甲を当てている。

「あの時のお前の顔と言ったら――――ぐっ……いや……エルヴィラらしくて、いいんじゃないか」

どうやら、じーんとした対面だったと思っていたのは、エルヴィラだけだったみたいだ。

「私ったら、また怖い顔をしていたんですの⁉　い……今はどうです？　まだ、変な顔――っ……！」

慌てたエルヴィラの唇に、ガレスが人差し指で触れる。

その琥珀の瞳には、悪戯っぽい輝きがあった。

「すっかり、俺の妻の顔だ。愛しくて、可愛らしい」

「あっ、貴方の基準は、世間一般としてさっぱりあてにならないことが、とっくにわかっていましてよっ！」

照れ隠しに叫ぶも、ガレスは、それすらも楽しんで見つめてくるので、勝てないな……と、思う。

誤解をされる顔も、言動も、彼に届いていることが、とても嬉しい。

ここで色々なことを乗り切って、彼の妻として暮らすことになって、前とは違うことが、少しずつ起こっている。

顔も、言動も変わらないのに、変化しているそれは、ガレスのおかげだ。

「………」

エルヴィラの身に起きた変化は、王以外にもある――。

ジョラムの件で、クアーバル帝国の皇太子とガレスがよく連絡を取るようになり、その中で、エルヴィラの様子を伺う内容があり……。

おそるおそる、ガレスの手紙に返事を含んでもらうと、今度はアレシア皇太子妃から、手紙が舞い込むようになった。

今では、結構な頻度で、友人のように手紙をやりとりしている。

ほとんど接触がなかった、戦友……なのかもしれない。

ついでに、ガレスの部下、アーロン、サイラス、ジャーベスからも、エルヴィラ充ての手紙が来ることが増えた。

ガレスに聞いても役に立たないという、女性の機微についての相談を受けることが多い。

あとは、国外の両親からの手紙が、しれっと来た。

現金な方々だと思いながらも、嬉しく返事を書いてしまっている。

アンブローズ公爵家から来てくれた侍女二人は、実力を買われて、オルビー城であっという間に侍女長へと上りつめた。

主に、セルマが使用人の教育係で、ハリエットが城の美観係である。

タムワズの街は、攻防戦の噂を聞いた観光客が、大勢押しかけてきていて、まだ静まる様子はない。

ドロレスの宿屋は大繁盛で、たまにふらりと町娘姿で手伝いに行くと、客人に速攻でバレて、なぜか喜ばれる。

帰りは、ガレスが当然のように迎えに来るから、情報が早いな……と思う。

騎士団長と、最強夫人が治めるリングフォード領は、国境沿いにもかかわらず、ディナンド王国で一番安全な地として、人気になりつつあった。

賑やかなことは嬉しくて喜ばしいけれど、ふとした時に、ガレスと一緒にいると感じる瞬間が、一番好きで…………。

「風が強くなってきたな、城へ入ろう」

「ええ……」

エルヴィラを先導するように動いた彼が、その見事な体軀をゆっくりと止める。

そして、まだ、様々な変化に思いを馳せていたエルヴィラを気遣って、待っていた。

見守ってくれる、優しい旦那様。

顔も態度も変わっていないはずの、エルヴィラであったが、自分の心の中の大きな変化は、はっきりと感じ取っていて、わかる……。

それは、戸惑いで始まり、意識して、守りたくて、守られたくて……共に手を取り合ったガレスに対しての気持ち。

彼が大好きで、愛している――――。

「…………」

エルヴィラが寄り添うように無言で手を差し出すと、ガレスが間を置かずに握りしめてくる。

最初からの定位置のように、手を――――つなぐ。

愛しい、愛しい、一生涯の伴侶。

それだけのことなのに、楽しくて、胸の中が幸福でいっぱいになる。

「エルヴィラ」

「はい、旦那様」

どこへ行く？　何をする？

ガレスとなら、どんな場所でも、何をしても、幸福に決まっている。

――本日も、楽しく幸せに過ごしておりましてよ？

エルヴィラは、逞しい大きな彼の手に、愛しく指を絡めた。

end

あとがき

こんにちは、柚原《ゆずはら》テイルです。

このたびはたくさんの本の中から『悪役令嬢シンデレラ　騎士団長のきゅん♡が激しすぎて受け止めきれませんわ‼』をお手に取っていただきまして、ありがとうございます。

今作は、悪役令嬢のお話です。

以前から大好きな設定で、ずっと書きたいと思っていたので、お話にできて嬉しいです。

企画段階で、他のプロットの中から勝ち上がったのも、悪役令嬢の力かもしれません。

悪役令嬢って初めて読むかも？　という読者様も、どうか身構えずに、凸凹《でこぼこ》コンビの、いきなりの結婚生活だと思ってお気軽にお読みください。

また、悪役令嬢をたくさん読んでいる読者様も、何だか恥ずかしい夫婦の話だと温かい目で見てくださると嬉しいです。

真面目な騎士団長と、誤解を招くちょっとツンな悪役令嬢の、気まずくて恥ずかしい新婚生活を、どうか楽しんでいただけておりますように！

お気に入りのシーンは、城壁での攻防です。

プロットの時から、イメージや思い入れが強かったので、えいっと書けた時は、ほっとしました。

この場をお借りして、美しく、楽しそうな二人のイラストを描いてくださいましたアオイ冬《ふゆ》子《こ》様に、お礼申し上げます。ありがとうございました。

美人さんのエルヴィラと、誠実そうなガレスに、ときめきが止まりません！

アオイ冬子様には、ジュエルブックス様の既刊『異世界シンデレラ　騎士様と新婚スローライフはじめます』にも、素敵なイラストをいただいております。

この作品が気に入ってくださった方は、ぜひぜひ、そちらのタイトルもお手に取ってみてくださいませ。（すみません、しっかりと宣伝です！）

また、いつも、お話を読みやすくしたり盛り上げたりのアドバイスをくださる、ジュエルブックス様の担当編集者様、ありがとうございます。

そして、この本にかかわってくださった皆様へも、心よりお礼申し上げます。

いつも、ありがとうございます。

これからも、どうぞよろしくお願いします。

柚原テイル

Jewel
ジュエルブックス
騎士様は超♥溺愛中！
柚原テイル
Illustrator ゆえこ
トリップしたら堅物＆不器用な騎士様から、
いきなり「俺の嫁」宣言ですか!?
異世界にトリップした途端、騎士隊長の奥さまに!?
だんな様はドマジメ、堅物、朴念仁。せっかく結婚したのに不器用すぎて困っちゃう！
「いってらっしゃいのチュー」や「裸エプロン」で
誘惑してみたら新妻溺愛モードに豹変！　恥ずかしすぎますっ！
ゆる～い甘いちゃ山盛り♥異世界新婚ライフ！
大好評発売中

Jewel
ジュエルブックス
転生して豪商娘だったのに後宮入りですか!?
柚原テイル
Illustrator SHABON
私が陛下の初恋？
皇帝なのにずっと片思いだったって!?
ハードすぎる営業職でぽっくり過労死しちゃった私。
生まれ変わったら中華っぽい世界の豪商の娘!?
食っちゃ寝のまったりライフを送っていたのに、突然、皇帝陛下の命令で強制後宮入り
ずっと私が好きだったって……どういうことですか!?
転生×溺愛×中華後宮♥ファンタジー！
大好評発売中

Jewel
ジュエルブックス
新婚
アンソロジー
Anthology of Newlyweds Stories
永谷圓さくら　伊織みな　みかづき紅月　柚原テイル
Illustrators　DUO BRAND.　Ciel
辰巳 仁　早瀬あきら
寝かさないよ、
僕の可愛い奥さん♥

Jewel
ジュエルブックス
鬼の総帥閣下なのに新妻がカワイすぎて悶えてます。
Kirin Nanzaki
南咲麒麟
Illustrator
坂本あきら
Akira Sakamoto
じりじり近づく胸きゅん新婚ライフ♡
ゆる甘☆蜜月ラブコメin中華
ダンナさまは鬼と呼ばれるコワモテ軍総帥。
初夜なのに抱いてくれないのは、なぜ?
実は超純情♥ 嫁が好きすぎるだけ!?
いったん思いが通じると朝まで離してくれません!!
キマジメ武将がテレつつ愛妻家に激変する中華ラブコメ♡
大好評発売中

Jewel
ジュエルブックス
皇帝陛下の花嫁として純愛培養されたのです。
麻木未穂
Illustrator 坂本あきら
独占欲あり過ぎ皇帝の、
愛妻育成計画!!
子どもの頃、恋した人は18歳年上の凜々しい青年。
奴隷の娘だった私を10年間、育ててくれた人。
16歳の誕生日に皇宮へのお迎えが！
彼の正体は次期皇帝!?
私を妃にするために育てていたなんて！
初恋の人に完全独占される愛され姫の物語。
大好評
発売中

エロスアリス
皇帝陛下に
花嫁召喚されまして
Jewel
ジュエルブックス
斎王ことり
Illustrator 成瀬山吹
トリップしたら
超オレ様皇帝のベッド!?
気が進まないお見合い中、憧れていた王子様そっくりの皇帝に
花嫁として召喚された亜里珠《ありす》。
皇帝は絶倫&傲岸不遜な絶対権力者。
いきなりの初夜!?　しかも10代の姿に戻ってしまって!
皇帝陛下の初恋が私って、どういうことですか!?
贅沢な甘やかされも、濃密Hもたっぷりの寵愛ファンタジー。
大好評
発売中

Jewel
ジュエルブックス
王の輿なんて
お断り!?
財閥社長と
残念な婚約者
斎王ことり
Illustrator 黒田うら
愛され奥様修業は
天にも昇る蜜の味?
「つきあって1年になる結婚前提の彼女です」
財閥の帝王が「婚約者」として、いきなり私をお披露目!?
超冷酷だったのに極甘ダーリンモードに大変化! どんな美人が寄ってきても私だけに一途すぎ!
残念なルックスなのに……求婚されて一気に駆け上がるジェットコースター系シンデレラドラマ♡

大　好　評　発　売　中

ファンレターの宛先

〒102-8584 東京都千代田区富士見1-8-19
株式会社 KADOKAWA アスキー・メディアワークス ジュエルブックス編集部
「柚原テイル先生」「アオイ冬子先生」係

http://jewelbooks.jp/

悪《あく》役《やく》令嬢《れいじょう》シンデレラ
騎士《きし》団長《だんちょう》のきゅん♡が激《はげ》しすぎて受《う》け止《と》めきれませんわ!!

2017年10月25日　初版発行

著者　柚原テイル

イラスト　アオイ冬子

発行者 ―――― 塚田正晃
発行 ―――― 株式会社 KADOKAWA
〒102-8177 東京都千代田区富士見2-13-3
プロデュース ―― アスキー・メディアワークス
〒102-8584 東京都千代田区富士見1-8-19
03-5216-8377（編集）
03-3238-1854（営業）
装丁 ―――― 沢田雅子
印刷・製本 ―― 株式会社暁印刷

小社ホームページ http://www.kadokawa.co.jp/

Printed in Japan
ISBN 978-4-04-893472-5 C0076